엄마, 가라앉지 마

Afloat
Nigel Baines

엄 마, 가 라 앉 지 마

삶의 기억과
사라짐,
버팀에 대하여

나이젤 베인스 글·그림
황유원 옮김

싱긋

한국의 독자 여러분에게

언젠가 누가 제게 말하길, 인생이라는 달리기의 문제는 결승선이 어딘지 모르기 때문에 얼마나 빨리 달려야 할지 모른다는 데 있다더군요. 저의 어머니와 그녀의 죽음을 다루는 이 책을 이렇게 시작하는 게 조금은 이상해 보일지도 모르겠습니다. 하지만 그 말은 저로 하여금 여러분과 저의 언어, 관습이 다름에도(적어도 우리가 김치를 먹진 않으니까요!) 인생이라는 달리기만은 보편적이라는 사실을 떠올리게 해주었어요. 저는 정말 운좋게도 여행을 아주 많이 다녔는데, 그중에는 지리산국립공원의 아름다운 봉우리들도 있습니다. 또 정말 믿을 수 없을 만큼 생경한 곳들에도 가보았는데⋯ 늘 낯선 이들이 베풀어주는 친절함을 만났고, 우리 사이의 차이를 낳는 문화적 외양보다 더 큰 진실, 우리를 하나로 묶어주는 더 큰 진실이 있다는 사실을 몇 번이고 경험했어요.

이 책은 달리기가 끝난 것만 같았던 제 인생에서의 어느 이 년 동안의 이야기이지만, 저는 희망의 메시지를 남기고 싶었습니다. 마치 숨 쉬고 있는 공기 속에 빠져서 익사하고 있는 듯한 기분이 들던 때가 있었죠. 기쁨은커녕 거기서 어떤 긍정적인 결과가 나올 거라고는 기대할 수조차 없었어요. 그것은 잿빛으로 뒤덮인 한겨울에 유월의 열기와 눈부심을 상상해보려 애쓰는 일이나 마찬가지였습니다. 하지만 그럼에도 저는 거기서 빠져나왔고, 여름은 그 어느 때보다 더 활기찬 모습으로 다시 찾아왔어요. 변화란 우주의 직물로 짜인 것입니다. 좋은 것이든 나쁜 것이든, 그대로 머무는 것은 아무것도 없죠.

저는 또한 저를 키운 노동자 계급의 유산을 기록해두고 싶었습니다. 여러분은 여기에 흥미를 느낄 수도 그렇지 않을 수도 있겠지만, 우리 모두에게는 인생이라는 드라마의 배경이 존재하고, 무대장치와 달리 그것은 우리 삶에서 능동적인 역할을 수행해요. 서로 다른 이 배경에도 불구하고 우리는 생각보다 많은 이야기를 공유합니다. 인간으로서 겪는 문제와 기쁨 그리고 함께하는 가장 사소한 순간들에서 삶의 의미를 발견하죠. 사람들과 나눠 먹은 김치 한 그릇, 산에 내리던 비 냄새, 엄마와 나눠 마신 한 잔의 차. 엄마와의 여행에서 특히 기억에 남는 것은 그런 것들이었어요.

말이 입 밖으로 나오지 않을 때, 슬픔의 폭풍에 휩싸여 내 마음이 갈기갈기 찢겨졌을 때, 누군가가 어쩔 줄 몰라 하며 고통에 빠져 있을 때, 가장 작은 친절의 행위는 종종 우리가 상상할 수 있는 가장 위대한 보편적 순간이 되어줍니다. 상실과 고통은 위대한 스승이에요. 세상의 많은 것들이 우리를 갈라놓으려고 애쓰는 오늘날, 다른 사람들의 삶을 이해하고 친절을 베풀기 위해 우리가 지켜나가야 할 능력은, 귀기울여 듣는 것입니다. 가장 작은 순간들이 가장 위대한 방식으로 우리를 구원할 거예요.

이 책을 발견하고 편집해준 건모와 믿고 출간해준 싱긋 출판사 그리고 번역하느라 크게 애를 먹었을 황유원 번역가에게 진심으로 감사를 전합니다! 그리고 제 개인사의 가장 중요한 부분을 들여다보기 위해 시간을 내어주신 독자 여러분께도 감사드립니다.

2022년 4월
나이젤 베인스

가끔, 태풍이 몰려오고 있다는 게 그냥
온몸으로 느껴질 때가 있다…

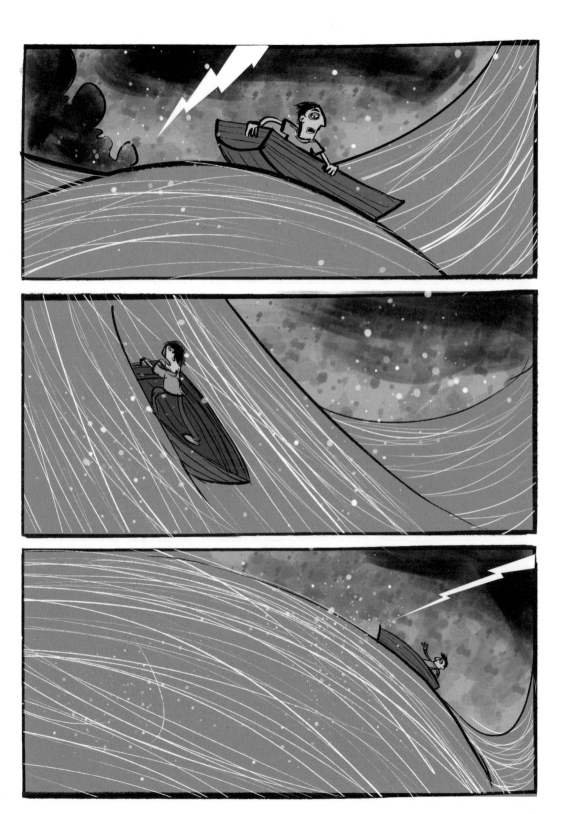

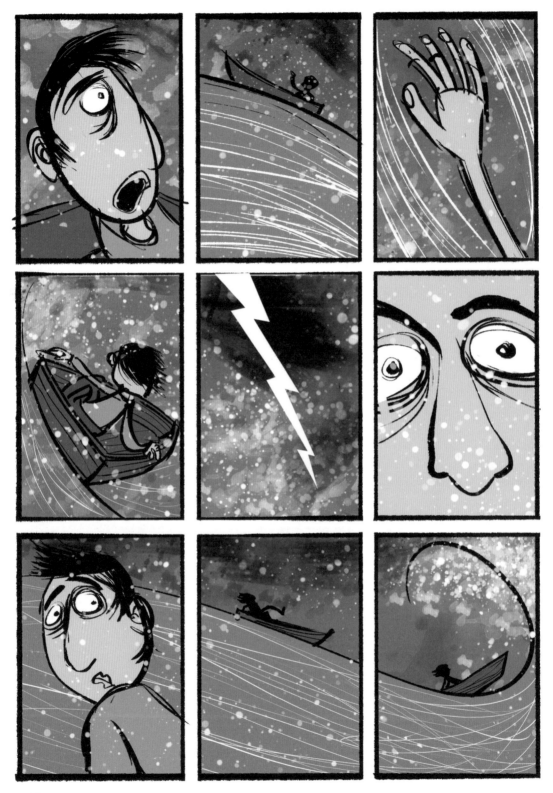

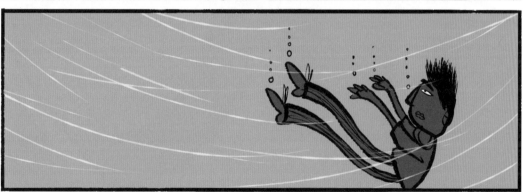
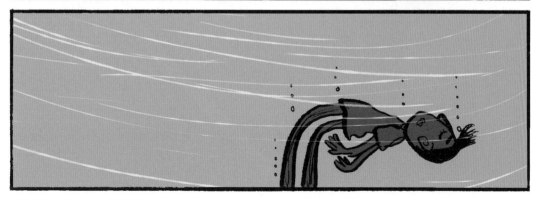

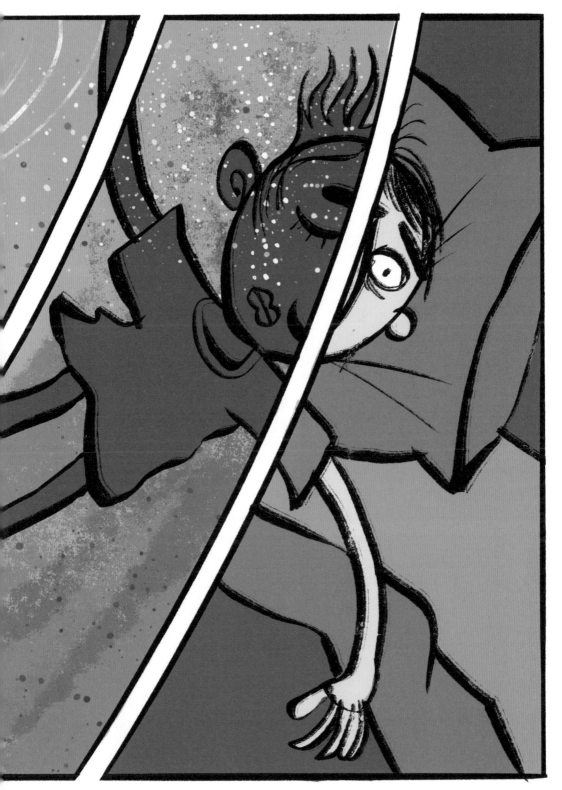

양극단을 가르는 선은 종종 우리가 생각하는 것보다 흐릿하다. 삶과 죽음, 꿈과 현실. 그날 크리스마스 아침, 엄마의 방갈로식 주택에서 깼을 때 그런 기분이 들었다. 나는 꿈속에서 이 세상으로 돌아오기 위해 몇 분간 열심히 헤엄을 쳐야 했다.

크리스마스 아침에 홀로 잠에서 깨어난 건 이번이 처음이다. 엄마는 엉덩이뼈를 다친 이후로 병원에 있다. 엄마는 병원에 있는 동안 혼합형 치매⁺ 진단도 함께 받았다.

사실, 크리스마스 아침은 내가 생각했던 것만큼 나쁘지 않다. 조용하다. 모든 게 멈춰 있다. 지금 나에게는 바로 그 멈춤의 시간이 필요하다.

크리스마스는 특이한 날, 일 년에 딱 한 번 여섯 살 때의 나 자신과 함께하는 날. 어둠 속에서 잠을 깨면 눈에 들어오던 상자들의 희미한 실루엣, 그리고 두 눈이 어둠에 적응하면서 상자들이 점점 더 뚜렷해지던 기분을 나는 지금도 떠올릴 수 있다. 상자 하나하나가 곧 찾아올 놀라움을 담고 있다. 요즘은 놀라움이 선물처럼 잘 포장돼서 찾아오진 않는 것 같다.

방갈로식 주택에서 나는 차를 한 잔 타고 포리지⁺⁺를 조금 만든 다음 텔레비전을 켠다. 채널을 이리저리 돌리다보니 〈심슨 가족〉이 나온다. 웃기고 상태가 안 좋은 날에 걸맞은 웃기고 상태가 안 좋은 가족. 지역 병원에서 맞이하는 크리스마스.

⁺ 두 가지 이상의 병인에 의해 발생한 치매를 뜻하는 말로, 한 환자에게서 신경퇴행성
  질환과 혈관성 질환이 함께 나타나는 것을 말한다.
⁺⁺ 오트밀에 우유 또는 물을 넣어 만든 죽.

이 사람이 바로 상태가 완전 좋던 90년대 시절의 우리 엄마다. 담배 피우는 포즈가 낯익어 보이지 않는가. 1933년생, 노동자 계층이 주를 이루는 소도시 출신이다.

엄마는 우리 집안의 엔진으로, 우리와 아빠를 보살피고 현관의 계단을 늘 번쩍번쩍 광이 나게 닦아놓곤 했다.

엄마는 아주 다정하고 따뜻한 성격에 수다와 가십의 달인이었으며

아니, 그 사람들은 걔가 좀 맛이 갔다고 생각하는 모양인데…

병원과 의사를 병적으로 두려워하기도 했다.

너한테 의사 따윈 필요 없어. 그냥 버터나 좀더 먹으면 돼.

크리스마스를 몇 주 앞둔
2014년 어느 날, 여동생한테 전화가
왔다.

화가 났다. 엄만 어쩜 그렇게 바보같이
행동할 수 있지? 종종 여태껏 앞치마
끈을 잘라본 적이 없다고⁺ 느끼던 내
게 런던에서의 생활은 독립의 환상을
심어주고 있던 터였다.

그런데 갑자기 그 끈이 나를 뒤로
확 잡아당긴 것이다.

나는 그 끈에 끌려 집으로 돌아갔다.

엄마는 수술을 위해 병원에 실려 갔는데, 물론 그보다 먼저 해야 했던 일은 엄마를 앰뷸런스에 싣는 일이었다. 엄마는 고집을 부렸다. 병원을 혐오했다. 엄마는 꼼짝도 하지 않았다. 여동생과 나 둘 다 그런 기질을 조금씩은 물려받은 것 같다. 그게 유용할 때도 있긴 하지만 대개는 우리의 발목을 붙잡곤 한다.

엄마를 앰뷸런스에 싣는 일은, 경주마의 머리에 자루를 씌우고 뒷걸음질치게 해서 경기 출발문까지 데려가는 일과 비슷했으리라.

엄마는, 당연하게도, 의사들보다 아는 게 많았을 것이다. 우리는 '세상 최고'로 여겨지며 모든 병을 치료해주는 것들과 더불어 자랐다. 그 목록은 다음과 같다. 차, 빵, 우유, 버터, 물, 기름(고기에서 뚝뚝 떨어진 지방) 그리고 야채(가급적이면 작은 플라스틱 미니어처처럼 보일 때까지 푹 삶은 것).

엄마가 병원을 못 믿은 것은 아마 자라면서 사람들이 병원에 들어가기만 하고 나오지는 않는 걸 봐서 그랬기 때문이기도 했겠지만, 병원에서 즙액이 뚝뚝 떨어지는 샌드위치를 주지 않아서이기도 했다.

내가 여기서 뭘 하고 있는 거지?
난 넘어진 기억이 없는데.
왜 없던 일을 지어내고 그러니.

병원은 딱 질색이야.
병원에 있다니 나답지 않은걸.

담배를 좀 피우고 싶구나.
그러니까 내 말은. 내가 여기서
뭘 하고 있는 거지? 저 간호사들은
거짓말을 하고 있어.

그리고 저쪽 끝 침대에 있는 여자
말인데… 밤새 코를 골지 뭐니…
시끄러워 죽겠어.

그리하여 나는 크리스마스 아침에 여기서 이러고 있는 것이다. 진정한 의미에서는 아직 시작되지 않은 크리스마스에 둘러싸여.

엄마가 사놓고 내팽개친 것들 가운데 발견한 앤드루 마의 책.

조립되길 기다리는 크리스마스트리.

뜯지 않은 카드들…

그리고 장식품이 들어 있는 상자…

그 상자에서 발견한 것…

22

내가 가장 아끼는 장식품. 분명 이것도 엄마가 어렸을 때 갖고 놀던 것이었을 거다. 움푹하게 파낸 내부에 작은 눈사람 디오라마가 들어 있는 크리스마스트리 장식용 방울. 어렸을 때 나는 혹시 무슨 일이 일어나진 않을까 하는 마음에 그걸 아주 오랫동안 들여다보곤 했다. 나는 그 눈사람이 나머지 열한 달 동안 무얼 했을지 궁금해했다.

어린 시절의 크리스마스는 사랑스럽고 따스한 시간이었다. 나는 주간 〈비노〉✦를 달력 삼아 날짜를 헤아리곤 했다. 어릴 때는 시간이 천천히 흘러가다가 나이가 들어감에 따라 시간이 빨라지는 신비를 보여주는 완벽한 예.

크리스마스가 특별했던 것은 그 기간 동안 잠시 우리의 삶을 '앞방'으로 옮겨놓을 수 있기 때문이었다. 그 방은 거리 쪽으로 튀어나와 있었다. 보통 때는 일 년 내내 접근이 금지된 곳이었다. 특별한 방, 행인들에게 전시하는 게 목적인 제단. 우리 모두가 무대 뒤에서 지내는 동안, 완벽한 가정을 전시하기 위해 마련된 무대장치.

사랑스러운 석탄난로가 놓인 그곳은 히터봉 네 개짜리 전기난로가 있는 우리의 거실보다 훨씬 더 빨리 따뜻해졌다(히터봉 네 개는 엄동설한 때만 사용되었는데, 평소에는 두 개로도 충분했다).

하지만 진짜 마법은 그 특별함이, 결국 특별하게 보이도록 만들어진 평범함이었다는 데서 생겨났던 것 같다.

✦ 1938년에 창간된 영국의 만화 잡지.

11월 말이 되면 나는 애원을 해대기 시작했다.

엄마…

우리 앞방으로 가면 안 돼요?

아빠, 우리 앞방으로 가면 안 돼요?

당신, 앞방으로 가면 안 된대요?

그리하여 마침내 어느 일요일

존…

당신 생각은 어때?

난 샘 페어리 마음이야.

아빠는 종종 자신만의 언어를 사용하곤 했다. 수년 동안 나는 '샘 페어리'가 오다리로 성큼성큼 걸어다니며 모든 걸 척척 해결해버리는 저 유명한 존 웨인이 연기한 인물인 줄로만 알았다(아빠는 존 웨인을 정말 좋아했다).

머지않아 나는 프랑스어 관용구 '싸 느 페 리엥 Ca ne fait rien (상관없어)'이 '산 페어리 앤San Fairy Ann'으로 변질되었다는 것을 알게 되었다. 아빠는 거기서 한 발자국 더 나아갔던 것이다.

여행을 위해 가장 먼저
해야 할 일. 가장 소중한
가족 물품, 텔레비전.
아빠가 밀고 오는 동안
그것은 완전히 새
텔레비전처럼 앞방에
모습을 드러냈다.

아빠는 석탄난로에
불을 지폈다.
식탁은 복싱데이✦
전까지는 손대면
안 되는 사과,
견과류, 대추와
사탕이 담긴 그릇들로
가득했다.

엄마?

우리 크리스마스트리
장식하면 안 돼요?

✦ 크리스마스 선물을 주는 날로, 보통 크리스마스 다음날인 12월 26일.

2014년 12월
진단 결과

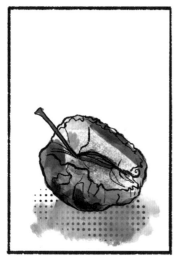

나는 검사와 진단을 신청했고, 얼마 후 결과를 들었다. 엄마는 혼합형 치매를 앓고 있었다. 사실 나는 그것에 대해 별로 아는 게 없었다. 혼합형 치매라고? 뭐랑 혼합이 됐다는 거지? 그게 무슨 음식의 레시피라도 되는 양 유쾌하게만 들렸다.

하지만 사실 나는 일종의 자동차 납치사건이 발생했다는 것을 알았다. 새로운 경로가 설정되었다. 우리는 이정표가 없는 도로 쪽으로 좌회전을 하고 있었다.

사람들은 치매와 알츠하이머병을 주로 건망증과 연관 짓곤 하는데, 그 둘은 노화 과정에 따른 자연스러운 현상이 아니다. 치매는 일련의 증상들을 일컫는 말로, 기억력 상실은 단지 그 증상들 중 하나에 불과하다. 치매의 가장 흔한 원인이 바로 알츠하이머병이다. 알츠하이머병이 발병하면 뇌에서 아밀로이드 단백질과 타우 단백질이라고 불리는 두 단백질이 이상반응을 보여 신경세포를 공격하고 죽이며, 이에 따라 뇌는 위축되고 공격당한 부위에 따라 뇌의 중요 기능이 상실된다. 그것은 치료법이 없는 진행성 질환이며 결국에는 인간의 생존에 필수적인 기능들의 고장으로 이어진다.

우리가 가는 모든 길이 막다른 길이지만, 이 경우는 결빙된 도로를 질주하는 것과 같다.

당신의 뇌가 타이태닉호라고
상상해보라. 빙산이 바로
알츠하이머병이다.

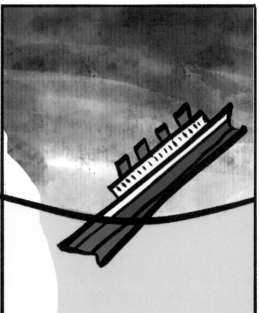

빙산은 타이태닉호에 재앙을 가져왔다.
하지만 그다음에 일어난 일이 상황을
더 악화시켰다. 선상의 전신통신은
매우 발달해 있었지만 혼란 속에서
중대한 메시지들이 상대에게 가닿지
못했으며 몇몇 메시지는 흘려넘겨졌다.

상당한 양의 메시지가 이리저리
쏘아졌다. 전신은 부유한 승객들이
육지에 메시지를 보내는 용도로
마련된 돈벌이 수단에 불과했다.
모든 게 역부족인 상황에서,
헤아릴 수 없이 많은 배들이
누가 누구한테 말하고 있는 건지
모를 정보들을 쏘아대고 있었다.

배가 침몰하면서 결과적으로
선상은 혼란의 도가니에 빠졌다.
이게 바로 치매에 걸리면 일어나는
일이다. 그것은 기억을 관장하는
해마를 필두로 뇌의 의사소통 능력을
옥죄기 시작하면서, 조용히 시스템을
붕괴시키고 침몰시킨다.

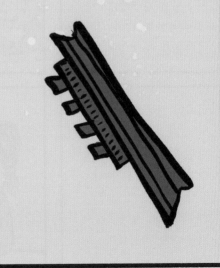

2015년 1월

크리스마스가 끝난 후, 엄마는 단기 휴양을 위한 요양원으로 옮겨졌다. 내 머릿속에서 요양원은 전쟁포로수용소 같은 이미지로 남아 있다.

학교 가는 길에 늘 지나치던 요양원이 있었다. 기억나는 거라곤 잠이 들었거나 그저 바깥을 멍하니 쳐다보는 사람들이 있던 어두침침한 방이 전부다.

하지만 이 요양원은 환하고 현대적이고 활기찼으며, 엄마는 투덜거리면서도 한 무리의 친구들을 사귀었다. 엄마는 친구 사귀는 일만큼은 늘 잘했다.

엄마는 또 감정 숨기기의 달인이기도 했다. 나는 모든 일이 딱딱 잘 맞아떨어졌다고 생각하기 시작했다.

하지만 치매가 찾아오면 딱딱 잘 맞아떨어지는 것 따윈 없다. 모든 행동에서 점점 더 큰 징후가 감지되었으니 말이다. 반복적으로 일어나는 일이 그중 하나였다.

내가 지갑을 어디다 뒀더라?

외삼촌이 찾아왔다.

동생아, 우리가 널 여기서 꺼내주마.

외삼촌은 무슨 수로 그렇게 하려던 걸까? …땅굴?

…위장?

…열기구?

엄마가 겨우 그 정도 머무르는 거라면 나도 좋았겠으나…

얼마라고?!!

내가 아는 한 엄마한테는 돈이 없었다. 분명 저금해둔 것도 없고 부동산도 없었다. 나는 그렇게 큰돈이 들지 전혀 몰랐다.

이 정도의 돈을 낼 수 있는 사람이 누가 있을까? 이곳은 평범한 노동자 계층이 사는 소도시다… 엄마 같은 사람들은 전부 어디로 가는 거람?

나는 그쪽에서 엄마가 돈을 내지 않은 걸 잊어버리길, 그리고 엄마가 요양원에 있는 가구의 일부가 되어버리길 남몰래 바랐다.

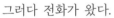

그러다 전화가 왔다.

"유감스럽게도 어머니께서 집으로 돌아가셔도 될 만큼 호전되신 것 같습니다."

31

이쯤에서 나의 고향
그랜섬을 소개하는 게 좋겠다.

그랜섬은 링컨셔주에 있다.
링컨셔주에는 평지도 많고 하늘도 많다.

만일 이곳에 창조 신화가 있다면,
요크셔주를 만드느라 시간을 너무 많이 써버린 나머지
일을 제대로 끝낼 시간이 모자라 그랜섬은 그냥 내버려둔
신이 등장할 것이다.

그랜섬은 '링컨셔 등마루'로 알려진 지형의
틈새에 위치해 있다. 주의 북쪽에서 남쪽으로 뻗은
카펫 같은 땅의 주름. 도시를 둘러싼 작은 언덕들은 놀랍게도
더 힐스 앤드 할로우스The Hills and Hollows✦
혹은 이곳 방언으로
'더 일스 앤드 올러스The ills and ollers'라고 불린다.
어느 방향으로든 이 도시를 벗어나려면,
어느 시점에는 오르막길을 올라야만 한다.

빠져나가기란 쉬운 일이 아니다.

✦ '언덕과 움푹 꺼진 곳'이라는 뜻.

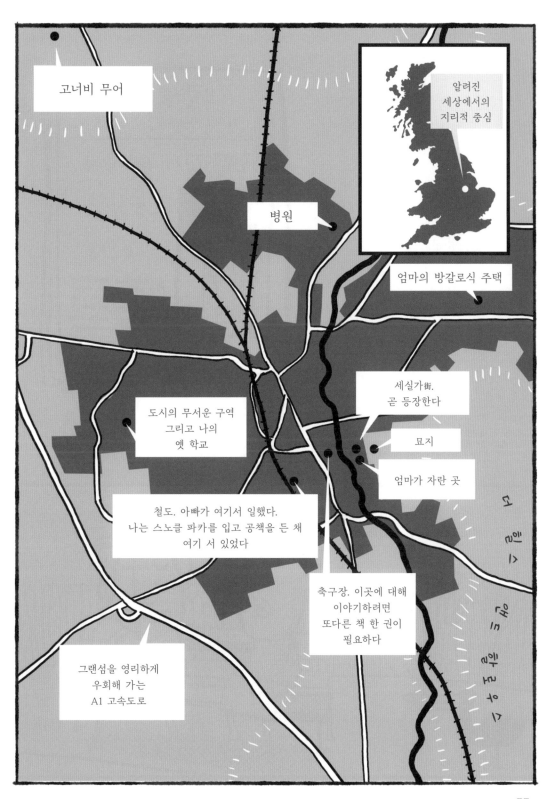

고너비 무어

알려진
세상에서의
지리적 중심

병원

엄마의 방갈로식 주택

세실가街.
곧 등장한다

도시의 무서운 구역
그리고 나의
옛 학교

묘지

엄마가 자란 곳

철도. 아빠가 여기서 일했다.
나는 스노클 파카를 입고 공책을 든 채
여기 서 있었다

축구장. 이곳에 대해
이야기하려면
또다른 책 한 권이
필요하다

그랜섬을 영리하게
우회해 가는
A1 고속도로

여느 소도시가 그러하듯 그곳은 우주의 가장 중심에 위치해 있다. 모든 세계적 사건들이 그곳과 어깨를 나란히 한다.

이러한 사실을 가장 적나라하게 보여주는 예로는 지역 신문만 한 게 없다.

9·11 테러가 일어나고 난 다음 금요일, 그랜섬은 다음과 같은 제1면으로 자신의 존재감을 과시했다.

내가 친구에게 이 이야기를 해주자 그는 '전면 경계 태세에 돌입한 그랜섬'이라는 말이 벤치에 앉아 있는 나이든 두 여인을 떠올리게 한다고 말했다.

이곳은 둠즈데이북✦에 등재되어 있다.
내 생각에 그건 11세기의
'트립어드바이저'였던 것 같다.

올리버 크롬웰이 왕당파를 상대로 첫 승리를 거둔 곳이 바로
고너비 무어였다. 지금 그곳에는 고속도로 휴게소가 있다.

최초의 여성 경찰관이 이곳에서 순찰을 돌았다. 최초의 트랙터와 최초의
디젤 엔진이 이곳에서 탄생했다. 마거릿 대처 역시 그러하다.

도시 어디를 가든 성울프람교회의 첨탑이 보인다.
그곳에는 체인 도서관✦✦이 있다. 내 여동생이 시립 도서관에서 일했을 때,
그곳 사람들은 컴퓨터들을 쇠사슬로 연결함으로써 그 관습을 부활시켰다.

이곳은 양모의 주요 생산지였고, 그다음에는 철도와 중공업의 중심지였다.
전쟁중에는 폭격 사령부를 수색하던 독일인들에게 무참히 폭격을 당했다.
그들이 그걸 결코 찾아내지 못했다는 것은 놀라운 일인데,
왜냐하면 그곳은 학창 시절 나와 가장 친했던 친구네 집 정원
바로 뒤에 있었기 때문이다.

이곳에는 댐을 파괴하려는 폭격기의 공습이 예정되어 있었고,
관련 기록 영상물에도 그랜섬이 언급된다.
그 장면을 처음 보았을 때 나는 엄청난 스릴을 느꼈다.

아이작 뉴턴이 교육을 받은 곳도 바로 이곳이었다.
동네 쇼핑센터의 이름은 그의 이름을 따서 지어졌다.
그곳의 중앙 장식물은 시계와 떨어지는 사과,
그리고 그 물리학자와 전혀 어울리지 않는 사자다.

그랜섬은 풍부한 공업 전통을 지니고 있었다.
이곳은 어느 훌륭한 공학 기술의 선두에 있었고,
내가 한창 자라나던 무렵에는 기중기와 거대한 토목기계,
미사일과 총알을 만들던 공장들에서 늘 일거리가 넘쳐났다.

그러다가 이곳이 배출한 가장 유명한 딸✦이 노조를 해체하는 일에
착수했고, 세상은 재빨리 변하기 시작했다. 사람들은 더이상 그랜섬에서
크레인과 중장비를 구입하지 않았다.

살상산업은 절대 망하지 않는 산업임에도 불구하고, 탄약공장도
문을 닫았다. 그 자리에 있는 사무실은 이제 사망신고를 할 때나
가는 곳이 되었다.

떨어지는 사과에서부터 건물 파괴용 철구鐵球까지.
이곳은 '탈출' 없는 '쇼생크'였다.

✦ 영국 최초의 여성 총리인 마거릿 대처를 가리킨다.

길거리 빙고 게임

나는 세실가
52번지에서 태어났다.

얼마 후 우리는
50번지로 이사를 갔다.

그러고는 1977년에
41번지로 이사를 갔다.

전형적인 붉은색 벽돌 테라스식 거리에
골목길이 나 있는 곳이었다.
크레오소트✦와 구멍가게 냄새가 나던 전신주.
줄줄이 늘어선 테라스들이 누군가가
다른 곳에서의 삶을 꿈꿀 경우를 대비해
양쪽 끝에서 보초를 서고 있었다.

✦ 콜타르로 만든 진한 갈색 액체로, 목조 보존재로 사용된다.

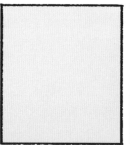
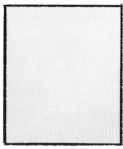

내가 다니던 초등학교는 길 끝에 있었다.
학교가 끝나면 그곳은
운전면허 연습장이 되었다.
엄마는 그곳에서 겨우 두 개 거리 정도
떨어진 곳에서 태어났다.
레스 삼촌은 바로 모퉁이만 돌면
있는 곳에 살았다.
삼촌은 세실가 피시앤칩스✦✦ 가게를 운영했다.
핀치 아저씨네 구멍가게에는
세상에서 가장 많은 종류의
파인애플 통조림이
구비되어 있었고, 그 밖에도
아주 많은 것들이 있었다.
백 미터 이내에 펍✦✦✦, 우체국, 정육점,
이발소와 신문가판대가 있었다.
다음 모퉁이 너머에는 묘지가 있었으므로,
거리의 처음부터 끝까지는
걸어서 금방이었다.

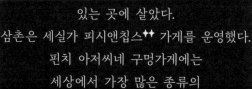

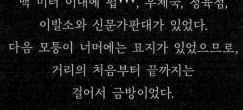

✦✦ 생선튀김에 감자튀김을 곁들인 영국 음식.
✦✦✦ 술과 여러 음료를 비롯해 음식도 파는 영국의 대중적인 술집.

나는 그 거리의 이름이 싫었다.
나는 블라스트퍼니스✦가, 더트✦✦가 혹은
버킷가에 살고 싶었다.
내가 사는 거리의 이름은 세실이었고,
세상에나, 심지어 내 이름은 나이젤이었다.
나는 가망이 없었다.

이것이 당시 알려진 세상의 지도다.
모든 일은 이 좁은 구역 안에서 일어났다.
아빠는 지도의 위쪽을 살짝 벗어난 곳에서
태어났고, 내가 속한 축구팀은 지금 당신의
왼쪽 엄지손가락이 짚고 있는 곳에서
축구를 했다.

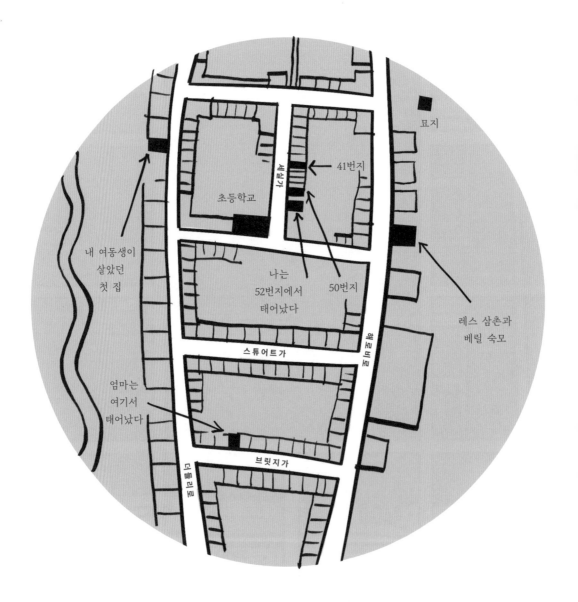

✦ Blast Furnace. '용광로'를 뜻한다.
✦✦ Dirt. '흙'이나 '먼지'를 뜻한다.

그곳은 유대감이 강한 공동체였다. 남자들이 일하러 나간 뒤면 슬리퍼를 신은 여자들이 거리 이곳저곳을 돌아다니며 수다를 떨고 차를 마시는 모습을 볼 수 있었다. 그 거리는 뇌였고, 엄마와 갈런드 부인과 데이비스 부인과 볼랜드 부인은 신경세포였다.

글쎄, 22번지 여자가 말이지…

메리? 핀치씨네 가게에 두루마리 화장지 좀 있어?

찰리는 어떻게 지내니? 한동안 안 보이던데?

헤이즐?… 헤이즐?… 무슨 일이 있었는지 넌 짐작도 못할걸?

모린, 헤이즐 좀 데려와! 우리 스티븐이 가게 안에 갇혀 있는데 핀치씨가 집에 가버렸어.●

버틀러 할머니가 병원에 입원하셨대. 딱하기도 하지.

아래쪽에 문제가 생겼다나봐.

● 실제로 있었던 일이다. 스티븐은 가게 안에 갇힌 채 서서 비명을 지르고 있었고, 그동안 나는 바깥에 서서 스티븐에게 살아 있으려면 거기 있는 얼음과자를 다 먹어야 한다고 애타게 부르짖었다.

심지어 오랫동안 찾지 않았을 때도 고향은 내 뼈에 각인돼 있다. 내 발이 고향 땅을 밟은 지 아무리 오래되었다 한들, 매번 내딛는 발걸음은 내 발에 기억을 불러온다.

오직 그곳에서만 도로의 아스팔트는 뜨거운 여름날의 어떤 독특한 냄새를 풍긴다. 내 손은 잔디로 얼룩진 적이 많지만, 우리가 오후에 축구를 하던 디서트 공원의 잔디에는 그곳만의 특별한 냄새가 있는 듯하다.

다급한 발걸음은 나를 스프링필드로의 철교 아래로 데려가는데, 머리 위로 기차가 지날 때면 끔찍한 소음이 들려오기 때문이다.

축구를 하러 공원에 나가기 전에 차를 마시며 거실 창밖을 바라보던 일. 비가 오지 않길 바라며, 내 두 눈은 바깥의 어둡고 높은 울타리, 첫 빗방울이 떨어지는 걸 볼 수 있게 도와주던 그 울타리에 고정되어 있었다.

강변의 차갈길을 밟을 때 나던 발소리, 방목장을 질러가며 풀을 스칠 때 나던 소리, 트레인스포팅✦ 노트를 들고 낡은 우편차 위에 몇 시간이고 앉아 있곤 하던 기차역으로 가던 길에 나던 골목의 메아리 소리가 아직도 내 귓가에 울린다.

✦ 기차역에 가서 지나가는 기차의 수를 헤아리고 기록하는 일종의 취미생활.

그러지 않았으면 싶지만, 이 소도시는 내 발바닥에 딱 달라붙어 있다. 떨쳐버릴 수가 없다.

우리의 삶은 우리가 스스로에게 들려주는 이야기다. 과거를 독립된 시선으로 되돌아보기란 불가능하다. 우리는 우리의 과거를, 우리를 '우리'로 만들어주는 이야기로 재구성한다. 그리고 우리는 우리에게 일어나는 일들을 우리 이야기의 형태에 꿰맞춘다.

어떤 사람들은 자신의 삶을 온전한 하나의 이야기로 기억한다. 그들은 과거의 자신을 현재의 자신과 동일하게 인식한다. 어떤 사람들은, 나도 그런 사람 가운데 한 명인데, 자신의 삶을 단편적으로만 기억한다. 나는 내가 이 책에서 떠올리는 사건들이 '나'에게 일어난 것이긴 하지만 지금의 나에게 일어난 것은 아니라는 걸 안다.

우리 엄마는 아주 옛날 일도 또렷이 기억하는 사람이었다. 그래서 치매를 걱정할 일은 없어 보였다. 하지만 이제 엄마는 현재의 자신을 알아보지 못했다. 하물며 오 분 전에 일어난 일도 기억하지 못했다. 엄마의 옛날 기억들은 존재했지만 그것들을 현재에 고정시켜줄 닻은 없었다.

바다에서 허우적거릴 때는 방향감각을 송두리째 잃게 마련이다.

어렸을 때 나는
여름날이면 집밖
인도에 누워 있곤 했다.
인도는 내 소파처럼
느껴졌고, 하늘은
내 게임 화면이었다.

조용했다.
길에 누워 있어도
아무도 치고 가지
않았다. 규칙적으로
들려오는 소리라고는
동네 군수공장에서
들려오는 쿵 소리와
탕 소리가 전부였다.

하늘은 바다고
구름은 땅이라고
상상하는 일을 마친 후,
거리의 양쪽 끝에서
보초를 서고 있는
집들을 쳐다봤던 게
기억난다.

그 집들 너머에는
뭐가 있을까? 나는
그 거리 너머로 한 번도
가본 적이 없었다. '그곳
너머'에 뭐가 있을까?
그 궁금증이, 그냥 계속
닫혀 있었으면 하고
내가 종종 바랐던
내 안의 문을 열어버렸다.

그 너머에 뭐가 있는지
알아내기 위한
끊임없는 물음.
집들 너머에.
언덕 너머에.
우리들 너머에.

엄마가 새로운 물건을 좋아하지 않았던 건지, 아니면 자신의 일상 세계에 속한 물건만 안심하고 믿었던 건지 잘 모르겠다. 엄마가 가장 아끼던 칼은 1970년대쯤에 손잡이가 떨어져나간 것이었다. 엄마의 세계에서 새로운 물건은 그게 무엇이든 보통 '흐음' 하는 경계심 어린 반응을 이끌어냈다.

소도시는 블랙홀이랑 좀 비슷하다. 모든 게 그 주변의 소용돌이 속에서 빙글빙글 돌며 그 어떤 것도 빠져나오지 못한다.

작다는 것은 여러 면에서 좋은 일이다. 공동체는 그랬을 때 가장 잘 돌아갔다. 우리는 다른 사람들 사이에서도 안정된 자아를 가질 수 있었다. 필요한 건 그게 전부였다. 하지만 일단 산업혁명이 세상의 문을 열어버리자 모든 게 변했다. 사는 곳은 이곳, 일하는 곳은 저곳이 되었고, 서로 다른 장소에 따라 서로 다른 자아를 가지게 되었다.

우리가 세상과 우리 자신을 이해하는 방식은 이제 너무나도 달라져버렸다. 우리는 서로 완전히 연결되어 있다.

그것은 내가 많이 봤던 모습이다. 엄마와 아빠는 야망이 적었고, 만일 소도시가 일거리와 삶의 측면에서 필요한 모든 걸 제공해준다면 아마 그걸로 충분했던 것 같다. 하지만 나는 그걸로는 부족했다.

나는 운이 좋았고, 점점 소도시의 중력으로부터 빠져나왔지만 그러기까지는 긴 시간이 걸렸고 실패도 거듭했다. 심지어 옥상 너머에 뭐가 있는지 알아낸 후에도 보이지 않는 끈이 나를 몇 번이고 뒤로 끌어당기는 것만 같았다.

나는 여행을 할 수 있어 행운이었지만, 큰 여행을 시작하기 위해서는 늘 그랜섬으로 돌아가야 했다. 키르기스스탄 비슈케크의 주 광장을 거닐고 있었을 때, 나는 영국에서부터 쭉 트럭을 탄 채 세 달 동안 여행을 해오던 참이었는데, 그 여행은 어느 추운 날 아침 그랜섬의 기차역에서 시작된 것이었다. 그곳에 서 있던 게 기억난다, 저 너머에 뭐가 있는지 알아내려 하면서 인도에 누워 있곤 하던 한 소년이.

엄마와 아빠는 그랜섬을 신뢰했지만, 우리가 원하는 일을 하는 걸 두 분이 한 번도 막으려 하지 않았던 것은 전적으로 칭찬할 만한 일이었다. 정말로 그 일을 해보라는 격려는 듣지 못했고, 그것은 부모님의 사전에는 존재하지 않는 말이었지만, 그래도 우리는 "음, 너희는 너희가 원하는 일을 하거라"라는 말을 정말 많이 들었다.

엄마와 아빠는 자신들의 집을 가진 적이 한 번도 없었다. 대부분의 사람들이 세입자였다. 부모님은 차를 가진 적이 한 번도 없었고, 우리가 조르고 조른 다음에야 1970년대에 겨우 전화기 한 대를 들였다. 1985년에 나는 부모님의 집주인에게 8,500파운드를 주고 그 집을 구입했다. 문제는 그 일이 내가 끊고 싶어하던 끈을 더 공고하게 만들어버렸다는 것이다.

아빠가 돌아가시고 난 후 그 집은 아빠를 위한 추모관이 되었다. 하지만 방문자가 없는 추모관이었다. 엄마가 보초를 섰지만 위층은 제한구역이었다. 그러는 동안 이웃들은 바뀌었고, 가게들은 없어진 지 오래되었으며, 안면이 있는 사람들은 죽거나 이사가버렸다. 그곳에는 더 험악하고 적대적인 거리가 새로이 들어섰다. 그래서, 나는 엄마의 동의하에 그 집을 팔고 엄마가 훨씬 더 편하게 느끼던 더 조용한 방갈로식 주택으로 엄마를 이사시켰다.

2015년 2월

엄마는
집으로 돌아와도 될 만큼
호전되어 있었다.

비록 자기 집이
세실가에 있다고
철석같이 믿고 있긴
했지만.

문에 달린 작은 구멍은
세상을 왜곡시킨다.
이제 엄마는
모든 세상을 그런 식으로
보고 있었다.

엄마는 분명 집에 혼자 있으면 안 되었다.

엄마는 병원에서 아주 훌륭한 보살핌을 받았지만 그런 후에는 국민건강보험과 사회복지 사이에 아주 깊은 틈이 쩍 벌어지고 말았다.

사회복지비는 2009년과 2016년 사이에 전국적으로 9.9퍼센트 감소했다. 재정 지원 삭감과 인구고령화에 따라, 사회복지 수혜자 수는 2013년 대비 40만 명 감소했다. 지방자치단체들은 결국 위급한 경우에 처한 사람들을 우선적으로 처리하게 되었다. 엄마와 아빠가 결혼했던 1953년에는 영국의 85세 이상 인구가 20만 명이었다. 2016년에는 그 수가 160만 명에 이르게 되었다.[✦]

공공의료의 문턱은 낮아졌는데, 그 말은 공공의료비를 부담해야 하는 연령이 상당히 낮아졌다는 것을 의미했다. 복지 혜택을 받을 수 있는 사람의 수가 적어짐에 따라, 국민건강보험의 응급의료 서비스는 더 큰 압박을 받게 되었다. 나는 엄마가 아프기 전까지는 이러한 사실을 전혀 몰랐다. 나는 그저 일이 잘 풀릴 줄로만 알았다. 국민건강보험은 (지금으로서는) 신청하는 순간 무료이지만, 사회복지수당은 수입 조사 결과에 따라 지급된다. 낼 수 있는 만큼만 받는 것이다.

국민건강보험이 물에 빠진 사람을 살려주고는 구명 튜브만을 던져준 채 혼자서 해안까지 헤엄쳐 가라고 하는 것 같은 기분이 들었다. 나는 심지어 해안에 있는 사람들의 관심을 끌기 위해 링컨셔의 성인사회복지센터 책임자에게 장문의 편지까지 써야 했다.

나는 넓은 바다에 이렇게 크고 깊은 틈이 존재하는지 몰랐다.

✦ 〔원주〕 루스 솔비, 애너 스탈링, 캐서린 브로드벤트, 토비 와트, 「사회복지의 문제는 무엇이며 왜 더 나은 방책이 필요한가?」, 킹스 펀드 보고서, 2018.

사람들이 매일 빠지는

아주 깊은 틈

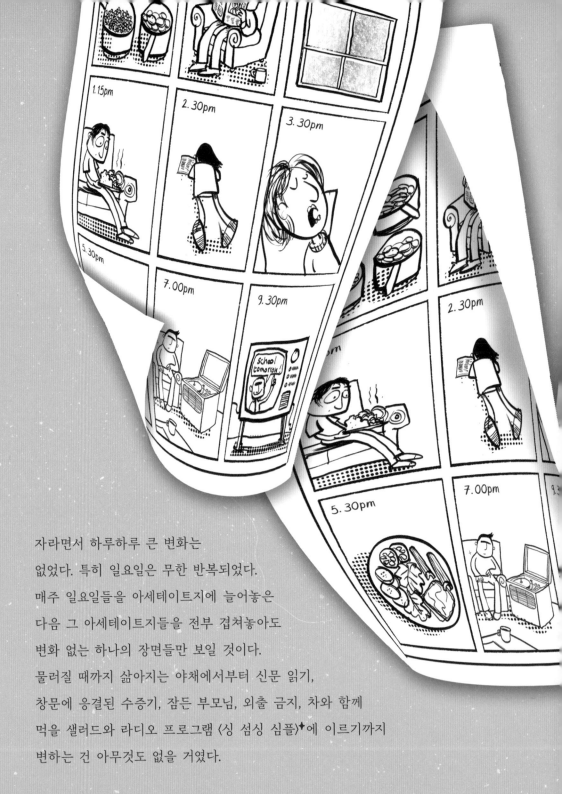

자라면서 하루하루 큰 변화는
없었다. 특히 일요일은 무한 반복되었다.
매주 일요일들을 아세테이트지에 늘어놓은
다음 그 아세테이트지들을 전부 겹쳐놓아도
변화 없는 하나의 장면들만 보일 것이다.
물러질 때까지 삶아지는 야채에서부터 신문 읽기,
창문에 응결된 수증기, 잠든 부모님, 외출 금지, 차와 함께
먹을 샐러드와 라디오 프로그램 〈싱 섬싱 심플〉✦에 이르기까지
변하는 건 아무것도 없을 거였다.

✦ 1959년부터 2001년까지 42년 동안 진행된 BBC의 라디오 프로그램.
세계에서 가장 오래 방송된 음악 프로그램이라는 타이틀을 얻었다.

아빠는 터프한 노동자였다.

젊은 시절에는 날쌘돌이 베인스로 불리던 아빠.

아빠의 손은 아빠가 철도일을 할 때 사용하던 삽 같았다.

이제 그 손은 군수공장에서 고성능 폭약을 다루느라 노랗게 물들어 있었다.

한번은 아빠가 맨손으로 사과를 반으로 쪼개는 걸 본 적도 있다…

내 목에 뭐가 걸렸을 때 한 손으로 나를 거꾸로 들어올려서 등을 쳐주기도 했다…

그리고 바로 그 삽 같은 손으로 섬세하게 알뿌리 식물을 심고 장미를 가지치기했다.

아빠는 평생 열심히 일했다.

나는 가끔 아빠도 그 집들 너머에 뭐가 있는지 알고 싶어할 거라는 생각이 들었다.

하지만 욕망과 동경은 커다란 외투와 강철 같은 겉모습 아래 숨겨져 있었다.

그래서 어느 크리스마스날, 나는 아빠에게 마이클 폴린✦이 나오는 BBC 여행 비디오테이프 세트를 사드렸다.

그리고 어느 날 나는 비디오테이프 하나를 틀었다. 아빠는 자기 의자에 자리를 잡았고 나는 플레이 버튼을 눌렀다.

어느 날 아침 일찍 일어나 쓰레기를 모두 깨끗이 버리고 매일 하는 일을 마치고는 베니스로 갔죠. 어느 곳과도

자의 대피라미드는 정말이 사막으로 나왔지만 그러고는 혼잡과 소란스러움을 뚫고서

또다른 긴긴 밤이 펼쳐졌고 보트가 지나갔고 저는 그런 의문이 절대 인도에는 도착하지 못하겠구나 그러지 않아도 상관은 없었습니다

또다른 긴긴 밤이 펼쳐졌고 보트가 지나갔고 저는 그런 의문이 절대 인도에는 도착하지 못하겠구나 그러지 않아도 상관은 없었습니다

이 모든 빠른 변화들을 보고 중국에서는 그 어떤 것도 가만히 같았어요. 증기기관차를 타고 제가 기억하는 다른 것으로는

그리고 일곱 시간 동안 세계 여행을 한 후…

그래. 저 친구 정말 대단하구만.

나는 아빠가 오로지 TV를 통해서만 볼 수 있던 것들을 실제로 보았다. 아빠는 나만큼이나 그걸 간절히 바랐지만, 엄마와 아빠는 우리에게 성공의 가능성을 마련해주기 위해 둘 다 자신들의 바람을 희생했다.

✦ 영국의 배우.

1960년대 후반에 아빠가
나를 지역 축구팀 경기에
데려간 적이 있다.

그랜섬팀은 작은 팀이었지만
당시에 아주 잘나가고 있었다.

인생에서 일어나는 일들은
일정한 주기로 반복되게 마련이고,
내가 혼자서 경기를 보러 다니기
시작할
무렵에는

이미 새로운 주기가 시작되어
있었다. 완전히 힘 빠지는
평범한 주기가.

아빠는 경기를 보러 다니지
않은 지 이미 오래였다.
경기에, 축구 클럽과 희망에
푹 빠져 있던 나는 계속
경기를 보러 다녔다.
아빠는 집으로 돌아온
나를 보고서야 결과를
알 수 있었다.

네 얼굴만 봐도 몇 골이 터졌는지
알겠구나.

그랜섬팀이 어떤 경기에서라도
승리한 지 이십 년이 지나
있었다.

그리고 나는 종종 아빠가 내게
독배를 건넨 것에 양심의 가책을
느꼈을지 궁금했다.

그러다 1998년, 갑작스러운 성공이
오아시스처럼 찾아왔다.

그리고 아빠는 나와 원정
경기를 보러 다니기 시작했다.

나는 아빠를 차에 태우러
가곤 했다. 기대감과 함께
깔끔하게 개켜서 포개놓은
아빠의 장갑, 모자와 스카프.

하지만 아빠는 절대로 흥분을
드러내지 않았다.

1998년 4월, 우리는 (축구에서는 늘 '우리'다) 워릭의 레이싱 클럽에서 아주 부담스럽고 중요한 주중 원정 경기를 가졌다.

나는 아빠를 태우고 가서 우리가 1-0으로 승리해 (데이브 로빈슨의 전반전 헤더골이었다. 찾아서 확인해볼 필요도 없다) 사실상 우승을 확정 지은 그 경기를 보았다.

나는 내가 저주에 빠져서 꿈이 이루어지는 걸 다시는 못 보게 된 건 아닐지 걱정하고 있었다. 하지만 꿈은 이루어졌고, 독배는 트로피가 되었다.

서늘하고 어두운 밤에 워릭을 떠나 그랜섬으로 돌아가면서 나는 말도 못하게 들떠 있었다. 아빠는 딱히 별 낌새를 보이지 않았지만 나는 뭔가를 눈치챘다.

뭔가가 똑딱거리며 사라져가고 있었다.

나랑 네 엄마가

나는 아빠가 무슨 말을 하려는 건지 전혀 알 수 없었다.
아빠는 보통 날씨나 도로 상황에 대해 말하며 말끝을 흐리곤 했다.

나랑
네 엄마가
함께한 지도
이제 어언
사십몇 년이
지났구나…

참 괜찮은 사람이지.
네 엄마 말이야.

많은 말을 하기 위해
꼭 길게 말해야 하는 건 아니다.

아빠는 나 때문에 행복해했고,
아빠가 자신의 팀을 내게 물려준 걸
행복해한다는 사실이 나를 행복하게 했다.

그리고 이런 식으로 코번트리 근처의 M69에서,
나를 사랑한다고, 엄마와 내 여동생을
사랑한다고 말하는 게 아빠의 방식이었다.
많은 노동자 계층 가족들이 그러하듯,
감정을 함께 나눈다는 것은 자연스러운 일도
쉬운 일도 아니었다.
숨은 뜻을 알아내기 위해서는
파헤쳐보는 수밖에 없었다.
하지만 그러다 뭔가를 발견했을 때,
그것은 꼼짝도 하지 않았다.

2000년 5월의 어느 날 밤, 모든 게 변해버렸다.

으아아아악

제기랄

그리고 엄마의 세상은

빠르게

무너져

내렸다.

아빠는 대동맥류를 앓고 있었다.

아빠는 곧장 수술실로 실려갔다.

그리고 엄마와 함께 대기실에 앉아 있는 동안 나는 엄마가 줄어들기 시작했다는 걸 알아차렸다.

우린 네 아빠를 잃고 싶지 않아, 그렇지?

그뒤 열흘 동안 아빠는 의학적으로 인위적 혼수상태에 빠져 있었다. 평범한 일상이 이어졌지만 엄마와 여동생과 나는 의학적으로 인위적 거품 속에 갇혀 있었다.

나는 아빠의 영웅이 아빠의 싸움에 힘을 보태주길 바라며 이안 보덤✦의 책을 가져가서 아빠에게 읽어주었다.

그러는 동안 옆에서는 아빠의 형제들 중 한 명이 소리를 질러대며 아빠를 깨우려 하고 있었다.

존!

그리고 아빠는 그저 천천히 해안에서 떠내려갔다…

멀리 출항한 것도 아니고 여전히 육지에서 우리와 함께 있는 것도 아닌 상태로…

얕은 바다 어느 깊은 곳으로.

✦ 영국의 유명 크리켓 선수이자 크리켓 해설자.

엄마와 아빠는 1953년에 결혼했다.

사십칠 년의 세월. 둘은 거의 하룻밤도 떨어져서 보낸 적이 없었다.

아빠가 병이 난 후 엄마는 더이상 침대에서 자지 않고 소파에서 잤는데, 엄마는 그후로 십 년을 그렇게 했다.

아빠가 입원한 지 한 주가 지난 후 나는 일을 하러 옥스퍼드로 돌아가야만 했다. 비록 나는 주어진 배역을 수행하고 있었지만 차에 기름 넣는 일, 운전하는 일, 준비하는 일, 먹는 일, 직장 일, 이 모든 게 참을 수 없을 만큼 어처구니없이 느껴졌다. 그러다 전화 한 통이 걸려왔다. 엄마였는지 여동생이었는지 기억도 나질 않는다. 더는 해볼 수 있는 게 없었다. 아빠는 해안으로 돌아오지 않고 있었다. 다들 이미 작별을 고한 상태였다.

어느 화창한 늦봄에 나는 다시 차를 몰고 돌아갔다.

어떻게 운전을 했는지 기억도 나질 않는다. 라디오로 크리켓 국제 결승전 중계를 들으며 차를 몰았다고 생각했는데, 나중에 날짜를 확인해보니 그날은 경기가 없었다. 마치 깁스처럼 고통을 덜기 위해 조작된 기억. 병원에서 본 사람은 더이상 내가 알던 아빠가 아니었다. 나는 지역의 교구 목사님을 모셔왔다. 우리는 기도했다. 조용하고 평화로웠다. 이상했다, 그저 나, 교구 목사님, 인공호흡기와 병원 사람들만 있다는 게.

그러고서 나는 인공호흡기를 꺼도 좋다는 신호를 보냈다. 스위치가 꺼졌다. 그렇게 간단히. 나는 그게 우리 집 고물 텔레비전을 끄면 화면에 아주 작은 빛의 잔상이 몇 분간 머무르는 것과 비슷할지 궁금했다. 나는 한 사람이 스위치를 한 번 누르는 걸로 꺼질지 궁금했다. 딸깍. 그걸로 그냥 끝이었다.

우리가 자라는 동안 죽음은 우리로부터 숨어 있었다. 할머니와 할아버지가 계시다가 어느 날 안 계시던 기억이 난다. '죽음'이라는 녀석은 우리의 눈이 닿지 않는 어딘가로 재빨리 사라졌었다.

세실가에서는 누군가가 죽으면 다들 거실의 커튼을 닫는 것으로 조의를 표했다. 죽음이 자신들의 거실을 들여다보길 바라는 사람은 아무도 없었을 거다.

아빠가 철도일을 하면서 입환 이동✦을 위해 엔진을 작동시키고 있었을 때, 노동자 한 명이 뒤쪽 차량 위로 뛰어올랐다. 아빠는 기차를 멈췄고, 차량들의 완충장치가 연쇄적으로 부딪히면서 그 사람은 뒤로 떨어져버렸다. 차량들이 완충장치로 인해 뒤로 밀려나면서 그 사람은 그것들에 치였고, 그렇게 그만 죽고 말았다. 아빠에게는 오랜 뒤에도 그곳에 뭔가가 머물러 있는 것처럼 느껴졌다. 언젠가 아빠는 아빠답지 않게 솔직하게도, 어느 날 자전거를 타고 출근을 하다가 도로에서 사고가 난 것을 봤다고 말했다. 자전거를 타던 사람이 도로에 누워 있었는데, 아빠는 또다시 죽음의 냄새가 나는 것 같아 정말 빠르게 페달을 밟으며 그곳을 빠져나갔다고 말했다. 저 커튼 꼭 닫아라.

절대 죽음에 대해 이야기하지 마라. 절대로.

아빠의 장례식과 관련해서 딱 하나 기억나는 일이 있다. 나는 엄마의 손을 잡아야만 했었다. 그건 말도 안 되게 무거운 부담으로 다가왔다. 우스꽝스럽게도 나는 그것 때문에 한 주 내내 초조해했다.

✦ 기차를 한 조로 만들기 위해 차량을 연결하거나 해체하면서 이동시키는 일.

그날 나는 그 일을 해냈다. 다들 온갖 이유로 스스로를 용감하게 여기지만, 나는 아주 간단히 할 수 있는 일을 해낸 것을 내심 용감하게 여기고 있었다. 우리 가족은 그 정도로 감정이 억눌려 있었다.

나는 스탠드업 코미디를 했었고 청중 앞에 서는 데 익숙했지만 그건 어디까지나 무대 위에서의 캐릭터였다. 거기 서서 아빠를 위해 쓴 시를 읽는 동안 연기는 점차 자연스러워졌지만, 나는 무대에 선 사람인 동시에 청중이 된 듯한 기이한 기분을 경험하기 시작했다. 나는 시를 읽으면서 내가 떠내려갈지도 모른다는 생각에 성서대를 꼭 붙들었다.

참으로 어처구니가 없었다. 아빠가 알았던 그 모든 사람들이 내 눈앞에 있다니. 그중에는 내가 아는 사람들도 많았지만 평소에는 아빠와 그중 한두 명을 함께 보는 게 전부였는데, 이제 그들 모두가 한자리에 모여 있는 것이었다. 다들 앉아서 아빠와 잡담을 나눌 준비가 된 채. 정말 어찌나 어처구니가 없었던지. 아빠가 칠십이 년 평생 동안 나 대신 나의 자리에 서봐야 할 순간이 있었다면, 그건 바로 그때였을 거다. 그러는 대신 아빠는 커튼 뒤의 관 안에 누워 있었다.

경야經夜는 '레일웨이 클럽'에서 했다. 살아남은 마지막 '노동자 클럽' 가운데 한 곳인 그곳에서는 끝내주는 맥주 냄새와 감자칩 냄새가 풍겼다… 글쎄, 만일 권력자에게 보내는 '두 손가락 인사'††에도 냄새가 있다면 이곳은 그 냄새로 가득했을 것이다. 아빠는 철도일을 하며 사는 삶을 사랑했다.

†† 손등을 앞으로 한 채 검지와 중지만을 펼치는 동작으로, 굉장히 무례하게 여겨진다.

장례식이 끝난 후 다시 차를 몰고
옥스퍼드로 돌아갔다. 마치 어떤 종류의
기계에서 제트기처럼 빠르게 내뿜어져
나온 듯한 기분이 들었다…
하지만 나는 온전했다.

M69를 달렸다. 해는 쨍쨍했다.
이번에는 정말로 라디오에서 크리켓
경기를 중계해주고 있었고, 잉글랜드는
서인도제도를 상대로 잘 싸우고 있었다.

갑자기 어린 토끼 한 마리가
도로 저 앞에 나타났다.

토끼는 정신없이 깡충깡충 뛰면서도
도로를 빠져나가지 못하고 있었다.
그러다 내 앞 차 뒷바퀴에
치이고 말았다…

토끼는 튀어올랐고, 핵 뒤집혔고,
빙 돌더니, 다시 튀어오르고 비틀리고
몇 번 더 튀어오르다 그 극적인
춤을 마쳤다.

나는 갓길에 차를 세워야만 했다.
갑자기 모든 게 실감나기 시작했다.
오늘 아침에는 그곳에 토끼가 있었다.
이 세상에 그 토끼만의 공간이 있었다.
그리고 이제 그 토끼는 없다.

토끼가 있다. 토끼가 없다.
아빠가 있다. 아빠가 없다.
켜졌다. 꺼졌다.
뭔가가 있다.
뭔가가 없다.
그러는 내내 차들은 계속
쌩쌩 달리고 있었다.

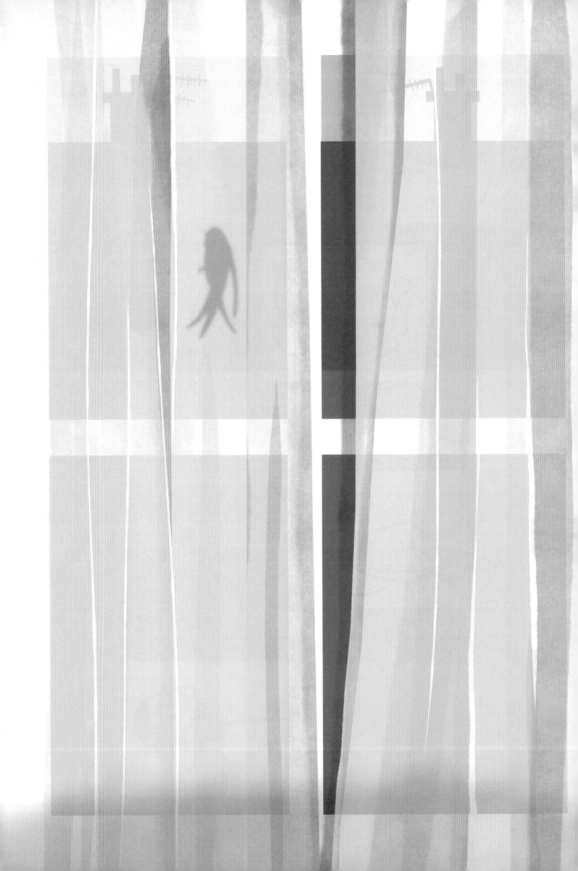

엄마는 고통의 얼룩을 씻어버리는 일에 몰두한다. 아빠의 옷은 자선 가게에 기부된다. 아빠의 크라운 그린✦도 기부된다. 하지만 그전에 가장 먼저 침대부터 기부된다. 이제 그건 아무 쓸모가 없다. 그건 노가 하나뿐인 보트다. 엄마는 그때를 시작으로 수년간 작은 소파에서 잠을 자게 된다.

침실은 텅 비었다.
커튼이 쳐져 있다.
그곳과 관련된 기억은 전부 사라져야만 한다.
그러던 어느 날 제비 한 마리가 집안으로 들어왔다가 길을 잃고는 커튼에 매달린다.

마치 일종의 징조라는 되는 양, 그 일은 엄마를 겁에 질리게 했다. 어쩌면 그건 엄마가 주변 사람들을 날려보내는 걸 힘들어했기 때문인지도 몰랐다. 여동생은 자기 갈 길을 찾고는 대학교에 입학했지만 그랜섬으로 돌아오고 말았다. 내 경우는 갈 길을 찾기가 훨씬 더 힘들었다.

한번은 TV의 한 야생동물 프로그램에서 칼라하리사막의 어느 부시먼이 물을 찾기 위해 개코원숭이를 잡은 걸 본 적이 있다. 그는 돌에 구멍을 파내고 안에 음식을 넣었다. 개코원숭이는 손을 집어넣어 음식을 붙잡았지만 녀석의 꽉 쥔 주먹은 구멍에서 빼내기에는 너무 컸다. 손을 놓을 수밖에 없었다. 하지만 녀석은 그럴 수 없었다. 놓아버려야 하는데 그럴 수가 없다.

어렸을 때 나는 새로운 곳이 두려웠다.

✦ 중앙부가 솟아오른 론 볼링용 잔디.

그리고 중등학교가 바로 그런 곳이었다. 학교는 도시 변두리에 있는 새로 생긴 주택지구에 있었다. 그곳은 칼라하리사막이나 다름없었다. 나는 우리 집 주변의 두세 개 거리에서만 인생을 보내다가 이제 이 힘든 여정에 나서게 된 것이었다. 정말이지 끔찍했다. 정기적으로 피를 봐야만 했다.

놀이터는 꼭 물웅덩이 같았다. 불안해하는 아이들 여러 무리가 거리를 둔 채 떨어져 있는 포식자들을 피해 옹기종기 모여 있었다. 포식자를 상대로 이길 필요는 전혀 없었다, 다른 사냥감만 이기면 될 뿐. 내가 흐느적거리는 듯한 걸음 걸이에 앞니가 톡 튀어나온 모습으로 서류가방을 들고 놀이터에 들어섰을 때… 게임은 이미 끝난 거나 다름없었다. 물웅덩이 주변에서 안도의 한숨이 들려오는 듯했다. 나는 연약하고 힘없고 왜소한 한 마리 영양이었다. 녀석들이 접근해왔다. 녀석들은 돈을 원했다. 녀석들은 돈을 챙겨 갔다. 사 년 동안 나는 너덜너덜한 걸레 꼴이 되었다.

2015년 봄

여기서 뭐하는 거니?

저 오늘 아침에도 왔었어요.

엄마한테 필요한 것들 좀 사러 갔다 온 거예요.

담배가 남았던가?

네, 제가 몇 갑 더 사드렸잖아요.

라이터도 몇 개 더 사드렸고요.

인덕션 레인지로 담뱃불 붙이는 것 좀 그만하세요.

나한테 뭐라고 하지 말렴…

엄마는 걱정거리가 많다.

무슨 걱정이요?

말씀해주시지 않으면
저도 도와드릴 수가 없어요.

네 아빠가 옆에 있었으면
좋겠구나.

그이라면 내 문제를
해결해줄 수 있을 텐데.

그런데 아빠가 여기 계셨다면
엄마한테 뭐라고 할까요?

기운 좀 차리라고
했겠지.

　다행히도 나는 엄마가 그나마 정신이 온전해 보였을 때 엄마에게 '지속적 대리권'에 서명을 하게 했다. 이 중요한 조치는 내가 엄마의 청구서를 모두 인계받고 엄마의 계좌에도 접근할 수 있게 된다는 걸 의미했다. 나중에 보니 그건 딱적절한 타이밍이었는데…

나는 수도세가
오랫동안 미납되어
단수가 집행될
예정이란 걸
알게 되었다.

청구서들은
항복의 표시로 두 손을
든 채 온갖 군데서
밀려들었다.
바야흐로 통제가
필요한 시점이었다…

그러다 나는
엄마의 침대 아래를
살폈고 물밀듯이
쏟아져나오는
청구서들과
맞닥뜨렸다.

✦ 마지막 문제만 해결하면 된다는 뜻. '고르곤'은 고대 그리스신화에 등장하는 괴물이다.

엄마는 돈이나 부동산이 없는 걸로도 모자라 빚까지 있었다.

어떤 채권자들은 매우 착했다.
지방의회는 그들의 공감력으로
나를 놀라게 했다.
그들은 이런 일을
자주 처리해왔던 게 분명했다.

전혀 어려울 거 없습니다,
베인스 부인.
시계가 열시를 치기 전에
당신 앞에 성배가 나타날
것입니다.
당신은 이 성배를
황금빛 물로 가득 채운 다음
일곱 개의 길이 만나는 곳으로
가져가셔야만 합니다…

더 큰 조직들은 이런 일을
훨씬 드물게 처리해왔던 것 같았고,
그래서 나는 혼란스럽고 개념 없는
관료제의 미로 속에서
길을 잃고 말았다.

엄마의 링바인더 파일은
금세 두 개로 불어났다.

그러는 동안 나는 내 일과 인생을 조용히
다른 파일로 정리했다.

엄마와 돈은 궁합이 좋았던 적이 없다.
우리가 어렸을 때 모든 청구서가
라디오 뒤편에 잊힌 채 쌓여 있던
기억이 난다.

자, 여긴
볼 것도 없어요…

뒷문에서 양복 차림의
심각해 보이는 남자와 나누던
숨죽인 대화도 생각난다.

엄마와 아빠는 집을 소유한 적이
한 번도 없었고, 대신
스코필드씨에게 집세를 냈다.

나는 스코필드씨가 오는 게 좋았다.
그의 가죽 닥터 백✦ 냄새를 맡고
그가 백을 잠글 때 나는 딸깍 소리를
들으면 어쩐지 마음이 편안해졌다.

✦ 원래 의사용으로 만든 가방.

세일즈씨라는 놀라운 이름의 남자도
정기적으로 찾아오는 사람 중 하나였다.
그는 보험금을 걷으러 왔지만
엄마는 늘 돈을 줄 형편이 못 되었다…

빌리 세일즈가
오고 있어…
숨어!

나는 진짜로 숨었다.
정말 흥미진진했다.

하지만 엄마는 늘 인심이 후했고,
그래서 엄마가 이모에게
돈을 빌려주려 할 때마다
종종 둘 사이에 언쟁이 벌어지곤 했다.

자, 받아.

아니,
어디 주기만 해봐.

엄마가 아빠와 함께
소속된 볼링팀의 돈 관리를 맡게 된 후,
아빠는 그 문제를 한마디로 잘 요약했다.

그게 바로
네 엄마의 문제란다, 얘야.
늦건 이르건, 결국
피비린내 나는 말다툼이
벌어지고 말지.

엄마와 아빠는 차가 없어서 불편해했던 적이 한 번도 없었다. 둘은 좋은 걸 가지고 싶어했지만 그런 거 없이도 충분히 행복해 보였다. 앞서 말했듯 모퉁이만 돌면 있는 곳에 레스 삼촌이 살았다. 삼촌네 집에는 뭐가 많았다. 삼촌네 집에 가는 건 짧은 휴가와도 같았다. 거기에는 모래만큼이나 부드럽고 푹신한 카펫, 전자오르간, 최신식 레코드 덱, 그리고 술로 가득하고 길쭉한 맥주잔까지 완비되어 있는 바가 있었다. 삼촌네는 휴가도 해외로 갔고, 물론 세실가 피시앤칩스 가게도 삼촌네 것이었다.

삼촌네는 우리 집보다 훨씬 먼저 컬러 TV를 샀다. 토요일 밤이면 그 집에 TV를 보러 가던 게 생각난다. 그 시절에는 컬러 TV가 새로운 물건이었다. 사람들은 컬러 TV를 두고 어찌할 바를 몰랐다. 그래서 그들은 컬러 조절 다이얼을 최대로 돌렸다. 사람들은 기왕 컬러로 나오는 거라면 그걸 정말 최대한 즐기려 했다. TV 화면 속의 마이클 파킨✦은 태양의 표면처럼 정말이지 새하얗게 빛났다.

레스 삼촌네는 차가 있었다. 재규어였다. 어디를 갔었는지는 기억나지 않지만, 우리는 그 차를 타고 가끔 시외로 놀러 갔었다. 가죽 시트에 앉아 방귀 소리를 숨기려 애를 쓰면서, 나는 차가 숲길의 커브를 도는 동안 밖을 내다보며 갑자기 외계인이나 예티✦✦가 헤드라이트 불빛 속으로 뛰어들길 남몰래 바랐다.

그 짧은 여행이 끝나지 않길 늘 바랐다.

✦ 영국의 방송인이자 작가.
✦✦ 히말라야산맥의 설인.

레스 삼촌과 베릴 숙모네 집에서는 몇 달에 한 번씩
파티가 열렸다. 주로 참석했던 건 규모가 큰 친가 쪽
식구들이었다. 엄마는 머리를 아래로 늘어뜨리며
(한번은 의치를 변기 아래로 내려보내기도 하며)
왕년의 실력을 뽐냈다. 나는 앉아서 어른들이 '어른이'가
되어가는 걸 지켜보며 엄청난 충격을 받았다.

✦ 1975년 발표되어 큰 인기를 얻었던 조지 베이커 셀렉션의 노래 〈우나 팔로마 블랑카Una Paloma Blanca〉의 가사.

2015년 6월

옛날 사진들이
엄마의 기억을 되돌리는 데
도움이 되진 않을지
궁금했다. 나는 1960년대
후반에 스케그네스✦로
놀러 가서 찍은 사진
한 장을 발견했다.

여기 레스랑 베릴이랑
네 아빠가 있네.

네 아빠는 늘
스케그네스를 좋아했지.

이 망할 동네보다 훨씬 더.

네 아빠가 지금
여기 있었으면 좋겠구나.

✦ 잉글랜드 링컨셔주 동쪽 연안의 휴양 도시.

나는 해마다 오래된 구정물 같은 색깔의 바다가 있는 스케그네스,
즉 '스케기'(요즘은 '스케그 베이거스'로도 불린다)로 가던 가족여행을 정말 좋아했다.

우리는 차가 없었으므로 기차를 타고 갔다.
그건 상상할 수 있는 한 기강 딘쪼모운 어행이있다. 뒤는 부분은 조금도 없었다.
내가 알던 거라곤 내가 보던 구름들이 저 멀리 어딘가,
보이지 않는 바다 너머에 있는 것들이라는 게 전부였다.

심지어 스케그네스의 대로에 이르러서도 마지막 작은 오르막을 올라
종탑을 지나기 전까지는 그 흙탕물 바다가 눈앞에 펼쳐지지 않았다.

나는 늘 바다를 사랑했다, 심지어 스케그네스의 젖은 골판지색 바다도.
육지를 등진 채 서서 바다를 바라볼 때면 온갖 미지의 경이로움이
그 골판지 끄트머리 너머에 있다고 느껴졌다. 나는 지도를 보고는 거기서
쭉 앞으로 가면 네덜란드가 나온다는 걸 알았다. 네덜란드는 마법과도 같아서,
내가 싫어하던 모든 것들, 즉 나를 괴롭히던 아이들, 두려움, 일요일,
〈코리〉✦ 주제가를 모조리 다 저 뒤편 먼 곳으로 보내 나를 건드릴 수 없게 만들었다.

　　　　　　　　　✦ 전 세계에서 가장 긴 방영 기록을 이어가고 있는 영국의 드라마 연속극 〈코로네이션 스
　　　　　　　　　트리트〉를 줄여 부르는 말. 영국 노동자층 주민들의 일상을 다루고 있다.

나는 수평선으로
가는 길이
스케그네스로
가는 길과 비슷하진
않을지 궁금했다.
끝에 작은 오르막이
있는 평평한 길.

가장 최고의 것들은
가장 마지막 순간에
눈앞에 펼쳐지는.
나는 내가 오르막을
오르기 시작하는 지점에
이를 때까지
노를 저을 수 있을지
궁금했다.

그렇게 마지막
몇 미터를 더 걷고 나면
수평선에 나나를 수
있는 걸까?

그리고 마지막으로 힘을 내 언덕 꼭대기에 오르자

마침내 보였다.

새로운 세상이.

2015년 7월

알고 보니 돌봄 서비스를 신청하는 일 또한 시시포스의 노역이나 다름없었다.

시스템 전체가 '뱀과 사다리 게임'⁺처럼 느껴졌다.

사다리는 없고 뱀만 있는.

끊임없이 첫번째 칸으로 되돌아가고 있다는 느낌이 들었다.

✦ 주사위를 던져서 말을 움직이는 게임으로, 뱀 머리가 있는 칸에 걸리면 뱀 꼬리 칸으로 되돌아가고 사다리 아래에 이르면 위로 전진할 수 있다.

엄마에 대한 평가가
이루어졌지만
그 서식들은
끔찍했다.

체크를 하는
네모 칸들,
양자택일들. 미묘한
차이가 들어설
여지 따윈 존재하지
않았다.

39

복잡한 인간을 위한
여지는 그 시스템에
더이상 존재하지
않았다.

28 27 26 25

23 24

인간은 네모 칸 안에
쑤셔넣을 수 있는
존재가 아님에도
불구하고.

돌보미들은
훌륭했지만 돌봄
시간은 너무 짧았고,
그들은 오자마자

9

5 6 7

택시를 불러서
다음 고객에게 가기
바빴다.

돌봄 시스템

비행기를 타기 위해
공항을 찾았다고
상상해보라.

돌봄 시스템은 마치 이런 기분이었다. 나는 그게 전혀 복잡하지 않을 줄 알았다. 만일 가진 자산이 어느 한도액 이상이라면 돌봄 서비스를 받는 데 돈을 지불하고, 만일 그렇지 않으면 돌봄 서비스가 무상 제공되는 거라고 생각했다.

정작 수입 조사를 받은 후(서식들이 엄청나게 많았다) 나를 기다리고 있던 것은 직접 결제 시스템의 세계였다. 이 시스템은 '서비스 이용자'에게 돌봄 서비스와 관련해 보다 더 많은 선택권을 주기 위해 도입되었다. 이론상으로는 좋은 생각 같아 보였지만 허점이 많았다.

그것은 돌봄 서비스의 과정을 제공되는 서비스에 대한 현금 거래로 뒤바꿔버린다. 그것은 돌봄 서비스 직원이 받는 열악한 급료와 열악한 훈련 조건을 향상시키는 데 아무런 역할도 하지 않는다.

내 경우에는 주의회가 돌봄 서비스 지원금 지급 권한을 다른 단체로 이양한 상태였는데, 머지않아 여러 실수가 발생했다. 적어도 세 번의 재조정이 이루어졌다. 당연히 엄마는 돌봄 서비스 비용에 대한 자신의 몫을 여전히 지불해야만 했는데, 그 몫은 엄마가 받는 이런저런 혜택에 따라 늘어났다.

최악의 측면은 그것이 돌보미나 가족 구성원에게 필요치 않은 여분의 스트레스와 걱정거리를 더해준다는 사실이다. 그것은 그들을 마지못해 고용인이 되게 만들며, 그들은 경우에 따라서 '고용된' 직원에게 주는 국민보험금 문제에 급작스레 대처해야만 한다.

당신은 이 상황에서 어느 서비스 이용자가
돌보미와 만나게 될지 알 수 있겠는가?

**무더운 7월
토요일**

엄마는
담배 피우는 자리에
앉아 있었다.
나는 지역 신문을
읽고 있었고.

그랜섬 운하를 다시 만들고 있대요.

그래, 그리스 좋았지.

네 아빠도 그리스
갔을 때 좋아했잖니.

1976년 기억나세요?
진짜 더웠잖아요.

그때 학교 친구들이랑
운하를 따라 걸었었어요

나는 더운 거
딱 질색이다.

1976년의 여름은 기록적인 무더위가 이어졌다. 아주 푹푹 쪘다.

그랜섬운하는 그랜섬에서 노팅엄까지 멋지게 흘러가던 과거의 영광을 되찾아가고 있었다. 비록 1976년 당시 그곳은 주로 쇼핑 카트를 세워두는 자리, 죽은 반려동물을 위한 무덤이 있는 자리였고, 물은 초록빛 양탄자 아래 숨어 있었지만 말이다. 이 양탄자 아래에는 나사NASA를 흥분시켰을 법한 유기체들이 살고 있었다.

학교 선생님들 중 한 명이 운하를 따라 아이작 뉴턴이 태어난 마을로 가는 소그룹을 꾸렸다. 이때는 안전의식이 없던 1970년대였으므로, 우리는 유해물질 보호복을 입지도 모자를 쓰지도 자외선 차단제를 바르지도 않은 채 운하를 따라 걸었다.

탈수 문제도 전혀 고려하지 않았기에, 우리는 각자 작은 탄산음료 병 하나만으로 무장한 채 무려 십육 킬로미터에 이르는 장대한 여정을 시작했다. 탄산음료는 일 킬로미터를 가기도 전에 바닥나고 말았다.

낮 시간이 흐느적대며 흘러감에 따라 날씨는 점점 더 뜨거워져갔다. 내가 들고 있던 텅 빈 병, 이제는 뜨겁고 손에 찍찍 달라붙기만 하던 플라스틱 병이 나를 조롱했다.

나는 완전히 바싹 말라버렸다. 나는 휘청거리고 있었다. 나는 두 다리를 죽은 그루터기처럼 질질 끌었다. 머리 위로는 독수리들이 선회하고 있었고, 어쩌면 그건 제비들이었는지도 모르겠는데, 나는 이미 그걸 구분할 수 있는 상태가 아니었다.

더는 못 가겠어. 목이 너무 말라.

나를 마셔!

너를… 마시라고…?

폴, 나 물 좀 마셔야겠어.

나는 초록빛 양탄자
사이의 틈에 흘려버렸다.
밖으로 드러난 물은
반짝반짝 빛났다.
정말이지 유혹적이었다…

글쎄, 괜찮을 것도 같네.

녹색 거품만 걷어내고

그 아래에 유리병을 담그면 말이야.

나이젤...
마셔... 마시라고

나는 그렇게 했다.

슥슥

꿀꺽   꿀꺽

그렇게 세상에서 가장 감미로운 운하의 물을 세 병이나 마셨다.

101

그럼, 거기는 어디니?

거긴 세실가예요, 엄마.
엄마가 살던 곳이잖아요.

그럼, 지금 내가 있는 곳은 어디니?

제가 차랑 샌드위치 좀 드릴게요, 엄마.

엄마는 이제 부엌일을
하지 않는다.
나는 이 소박하고
간단한 일을 하길 즐긴다.
어린 시절에 엄마가
부엌을 지배하던 때와는
역할이 완전
뒤바뀐 셈이다…

야채 남기면 안 된다!

요리, 설거지,
빵 만드는 일,
차 끓이는 일은 전부
엄마 담당이었다.
음식은 깨끗이
싹 비워야만 했다.

내가 부엌에 들어갈 때는
그곳을 거쳐 화장실에
갈 때뿐이었다.
나는 심지어 엄마와
아빠를 위해 차 한 잔도
끓여본 적이 없다.

하지만 이제,
이 간단하고 일상적인
일은 매우 의미심장한
일이 되어버렸다.
일상적인 동작과
순간들이 거의 기도와
같은 게 되어버렸다.

어서요, 엄마. 다 드세요.

제가 어렸을 때
저한테 했던 말
기억하시죠? 왜,
길 건너편에 살던
할아버지랑 손수레
이야기 말이에요.

그는 늘 손수레를 밀며 거리 이곳저곳을 오가곤 했다.

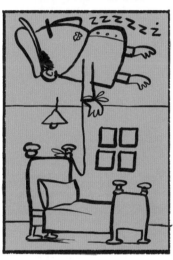

엄마는 그가 음식을 다 먹지 않은 결과, 바람에 날려가지 않기 위해 손수레를 꼭 붙들어야만 하는 신세가 된 거라고 말했다.

허황된 상상을 좋아하지 않던 엄마가 이런 생각을 해냈다는 게 지금도 기이하게 여겨진다. 나는 그 손수레꾼이 실내에 있을 때도 손수레를 붙들고 있어야 했을지 늘 궁금했다.

엄마는 거의 먹지 않았다. 나는 집에 없을 때면 음식 배달 서비스로 엄마에게 음식을 시켜줬지만 그 음식은 종종 뜯지도 않은 채로 남아 있곤 했다. 엄마는 곧 떠내려가버릴 사람처럼 보였다.

그 손수레꾼은 언제부턴가 그냥 우리 눈앞에서 사라져버렸다. 어느 시점부터는 붙드는 일에도 진저리가 나서 그냥 손을 놓고 자신이 떠내려가도록 내버려두게 되는 건지도 모르겠다…

2015년 8월

나는 엄마가 왜 그렇게 돈이 부족한 건지 이해할 수 없다. 나는 마침내 엄마의 연금계좌에 접근할 수 있게 되었다. 사람을 돌아버리게 하는 그 전체 과정은 마치 냉전시대를 배경으로 한 스릴러물을 방불케 했다. 은밀히 속삭이는 암호명, 그때그때 다른 공중전화 박스에 가방 두고 오기, 미행당하고 있는 건 아닌지 확인하기.

엄마의 연금은 육 개월째 미수령 상태였다. 엄마는 연금을 매주 월요일마다 수령했다고 주장했었다. 엄마가 정말 고집스레 주장했기 때문에 나는 엄마의 말을 거의 믿고 있었다.

연금을 수령하기 위해서는 비밀번호를 입력해야만 했다. 그것이 연금 수령자에게 어떤 결과를 초래할 수 있을 것인지에 대한 아무런 배려도 없이 시행되고 있는 절차의 또다른 예. 그래서 나는 엄마를 데리고 그랜섬 우체국에 갔고, 그곳에서 진실이 밝혀졌다. 엄마에게는 고통스러운 순간이었고 나에게는 속상한 순간이었다. 갑자기 그곳에서 날것의 현실이 모습을 드러냈다. 은폐된 부분이라고는 하나도 없이. 뭔가가 심각하게 잘못되었다는 걸 깨달은 엄마의 얼굴을 본 순간, 그것은 그 모든 비참한 순간들 가운데서도 가장 최악의 순간이었을 것이다.

매일 뭔가 새로운 미스터리가 풀리는 듯했고, 그럴 때마다 엄마는 더 속상해했고 나는 마치 중력의 법칙이 변해서 내가 땅에 짓눌리고 있다는 기분에 빠져들었다.

이 정도면 충분히 잘하고 있다는 느낌은 절대 들지 않는다. 상황을 더 나아지게 하기란 불가능하다. 그저 하루하루 실패를 감당하고 있을 뿐이라는, 그런 느낌이 든다. 구해주길 원치 않는 사람을 구한답시고 물살을 거스르며 헤엄을 치고 있는 꼴이다. 그러니 노력해서 뭔가 긍정적인 변화를 이끌어냈다는 생각이 들 때는 거의 없다.

서서히, 불안감이 다가오기 시작한다. 전화가 울릴 때마다. 한 걸음 더 가까이. 이메일 알림음이 울릴 때마다, 그것은 천천히 한 걸음씩 다가온다. 요구 사항들로 인해 세상이 거꾸로 뒤집히기 시작한다.

"어머니께서 목욕 가운을 입고 밖에 나가세요."

　　　한 걸음

"어머니께서 지나가는 사람들한테 돈을 달라고 하세요."

　　　　한 걸음

"어머니한테서 소변 냄새가 나는데, 어떻게 하고 계신 건가요?"

　　　　한 걸음

"어머니께서 저희에게 도움받길 거부하시는데, 아무래도 다른 돌봄센터를 알아보시는 게 좋을 것 같네요."

　　　　　그러다 보면 어느새

"유감스럽게도 귀하의 돌봄 서비스 납부금을 다시 계산해본 결과, 미납금이 좀 있는 것 같습니다."

　　　　　　…그것의 발아래에 깔려 있다.

어렸을 때 침대에 누우면 떠다니고 있는 듯한 정말 이상한 기분이 들곤 했다. 처음에는 가라앉는 듯한 기분이 들더니

이윽고 침대 위로 아주 높이 날아올라 현기증에 두 발이 찌릿해질 지경이 되었다. 신나면서도 소름끼치는 경험이었고

그러고서 오십 년이 지난 후에
그 일이 다시 벌어지고 있었다. 그 전까지 나는
공황장애를 앓은 적이 한 번도 없었다.
갑자기 심장박동이 내 몸 전체에 울렸고,
손가락은 찌릿했으며 머리카락은 키 큰 풀들이 있는
들판에서 길을 잃기라도 했을 때처럼 쭈뼛 섰다.
에셔의 계단 그림처럼, 한 걸음 한 걸음 나아가려고
애쓸 때마다 점점 더 출발점에 가까워졌다.

내가 사는 곳에서 그랜섬까지는 차로 백오십 킬로미터를 달려야 했다. 그것은 더이상 기다려지는 드라이브가 아니었다. 나는 차에 오르기 전에 크게 심호흡을 한번 해야 했다.

기억 속에서 그 여정들은 서로 구분이 되질 않는다. 그것들은 포리지 빛깔 하늘 아래를 달리던 모두 똑같은 하나의 여정이다.

운전.
주차.
마음을 단단히 먹기.
문 열기.
폐 깊숙이 들어오는 담배와 소변 냄새에 움찔하기.
창문 열기.
엄마를 데리고 쇼핑 가기.
돌아오기.
차 끓이고
음식 만들기.
청소하기.
무한대로 반복되는
질문과 진술의 사운드트랙 듣기.

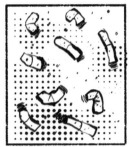

기억 속의 틈새를 메우려고
애를 쓰면 쓸수록 엄마는
더욱더 광적으로 안달하게
되었고, 공백은 더욱더
커져만 갔다.

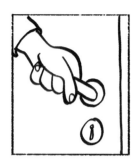

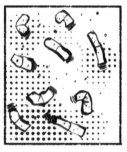

내 지갑은 어디 있지?

간밤에 네가 오는 소리 못 들었는데.

팔다리나 장기 하나를 잃었을 때 일어나는 문제는 물리적이고 납득이 가능하다. 우리는 그것을 받아들이게 된다. 그것에 적응하게 된다.

저 오늘 왔어요, 엄마.

네 아빠라면 내 문제를 해결해줄 수 있을 텐데.

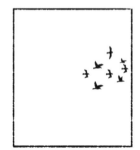

기억상실의 경우는 문제가 더 심각하다.
그것은 우리가 주변 사람들과 세상과의
관계를 만들어나갈 때 사용하는 바로 그
메커니즘을 상실하는 것이다.
세상에 존재하기 위한 메커니즘을 말이다.

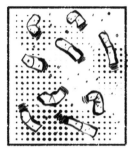

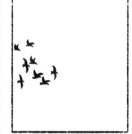

115

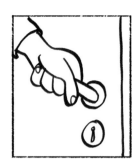

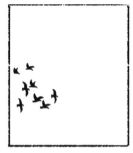

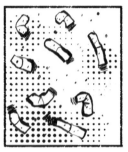

난 병원에 있지
않았어, 네 말이
무슨 소린지
모르겠구나

내 지갑은 어디
있지?

간밤에
네가 오는 소리
못 들었는데.

저 오늘 왔어요,
엄마.

네 아빠라면 내 문제를
해결해줄 수 있을 텐데.

116

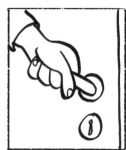

간밤에
네가 오는 소리
못 들었는데.

나한테
돈이 좀
있었던가?

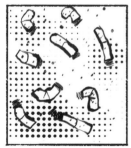

내 지갑은 어디
있지?

몸이
개운치가
않구나.

난 병원에 있지
않았어, 네 말이
무슨 소린지
모르겠구나

나는 아픈 거랑은 거리가
먼 사람이야.

계속 찾아오는
그 사람들은
누구니?

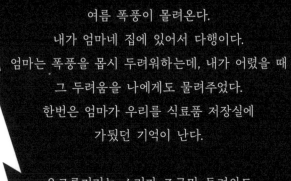

여름 폭풍이 몰려온다.
내가 엄마네 집에 있어서 다행이다.
엄마는 폭풍을 몹시 두려워하는데, 내가 어렸을 때
그 두려움을 나에게도 물려주었다.
한번은 엄마가 우리를 식료품 저장실에
가뒀던 기억이 난다.

우르릉거리는 소리가 조금만 들려와도
모든 전기 기구의 플러그를 뽑아야 했다.
나만 그런 건 아니었다.
내 친구는 번개가 너무 무서워서
심한 뇌우가 쏟아지는 동안 잠에서 깼고,
공포에 질려서는 전기로부터
몸을 보호하기 위해 테니스 신발을
꺼내 신고서야 다시 침대로 돌아갔다.

폭풍에 대한 두려움은 당연한 것이었다.
그랜섬은 전쟁 때 포위 공격을 받았었고,
엄마가 살던 집과 길거리는 폭삭 주저앉았었다.

독일 공군의 폭격 이유가 폭격 사령부를 찾아내는 일 때문이었다니,
꽤나 아이러니한 일이 아닐 수 없다.

1942년 10월에 엄마가 살던 집 근처에
폭탄이 두 개 떨어졌다. 하나는 바로 옆 거리를
정통으로 맞혔고, 다른 하나는 엄마가 살던
거리의 끝에 있던 방공호를 맞혔다.
그 폭격으로 서른두 명이 목숨을 잃었다.

전쟁에서 살아남은 사람들 또한 희생자들이다.
나는 전쟁이 엄마에게 절대 빠져나올 수 없는
커다란 구멍을 남겼다는 느낌을 지울 수가 없었다.

이 책을 여기까지 읽은 독자라면 만화책과 그래픽노블을 읽는 법을 알고 있을 것이다. 바로 위에 있는 것은 배트… 그다음은 공… 그다음은 깨진 창문.

내가 부분 부분을 보여주면 독자들은 그것들을 조합한다. 누군가가 공을 배트로 때려서 공이 창문을 뚫고 들어간 것이라고!

보다시피, 이 세 칸의 그림은 내가 그린 것이다.

하지만 가장 중요한 일은 그림들 사이에서 벌어진다. 바로 그 사이가 독자들이 상상력을 동원해 이야기를 만들어내는 곳이다…

그리고 독자들 각각은 공이 창문을 뚫고 들어가는 모습을 저마다의 고유한 방식으로 마음속에 그릴 것이다.

인생도 마찬가지다. 말들 사이의 틈새.
순간들 사이의 공백.
없어져버린 듯한 것들.
바로 그곳이 우리의 이야기가 만들어지는 곳이다.

그리고 엄마의 경우에도 정말로 눈에 띄었던 것은
바로 그 없어져버린 것들이었다.

엄마가 처음으로 내게 생일 카드를 보내지 않았던 해.

엄마가 처음으로 내게 전화를 하지 않았던 일요일.

내가 방문할 때면 엄마가 늘 방갈로식 주택의 손님용 침대에 두곤 하던
'그랜섬 타운' 쿠션의 실종.

진실은 바로 그것들의 틈새에 자리하고 있다.

2015년 가을

엄마는 더이상 몸을 씻지 않는다. 엄마는 턱수염이 자랐고 머리가 헝클어졌다. 나는 미용사들을 집으로 불러오지만 엄마는 그들을 돌려보낸다.

방갈로식 주택에는 그곳만의 냄새가 생겨났다. 담배 연기가 사라지고 나면 훅 끼쳐오는 그 냄새를 맡을 수 있다. 그것은 뭔가 일이 꼬여가고 있을 때의 냄새다.

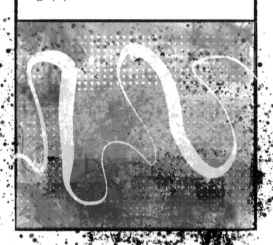

엄마의 발톱은 커다란 나무뿌리 같다. 엄마를 의자에 뿌리내리게 하는 나무뿌리. 하지만 엄마는 발톱을 잘라주려는 남의 도움을 모두 거부한다.

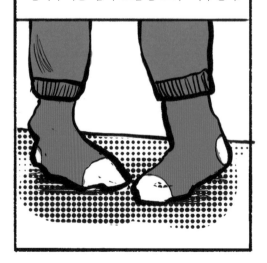

자신이 청결하다는 사실에 늘 엄청난 자부심을 느끼던 엄마로서는 도무지 자신이 지저분하다는 생각을 받아들일 수 없는 것이다.

나는 한 번도 지저분했던 적이 없다, 나이젤. 나는 그런 사람이 아니야. 단지 몸이 좀 불편할 뿐이지, 다른 이유는 없어.

나는 엄마네 집 화장실의 거울을
들여다보았다. 엄마가 마지막으로 어떤
거울이라도 본 게 언제였을지 궁금했다.
우리는 거울에 비친 우리의 모습을
보면서 온전한 하나의 '나'를 상상하지,
변덕스럽고 분열된 자아를
상상하지 않는다.

그런 자신의 모습을 보며 살 수 있는
사람이 누가 있겠나? 엄마가 낯선
그 사람을 보지 않는 편이 더
나을지도 모르겠다.

엄마는 대소변을 참지 못했다.
나는 치우고 싶지 않은 것들을 치우며
많은 시간을 보낸다.

엄마 세대 사람들은 세균을 싫어했지만
늘 "조금 지저분해도 괜찮아"라고
말하곤 했다. 모든 게 티 없이 깨끗했다.
일요일에 먹던 야채는 끔찍한 죽음을
맞이할 때까지 천천히 푹 삶겼고
스테이크 조각들은 아이스하키용
퍽처럼 될 때까지 구워졌다.

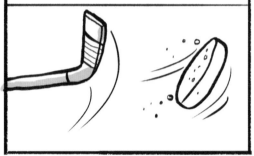

엄마의 노란 행주는 파리채였고,
청소 도구였고, 고양이를 '휘이' 하고 쫓
는 도구였으며 이웃 연락용 신호기였다.

＊ 나 가게 갈 건데 뭐 필요한 거 없니, 메리?

'고양이가 핥은 손수건'으로 얼굴을
닦이는 건 최악의 악몽이었다.

이 모든 건 샤워기뿐 아니라
실내 욕실이나 화장실도 없던
집에서 벌어진 일들이다.

대신 우리는 거의 한 달에 한 번씩
차례대로 깡통 욕조에 들어갔다.

가장 어렸던 내가 가장 먼저
욕조에 들어갔다. 아빠는
맨 마지막이었다.

그 깡통 욕조는 뜨거운 여름날이면
뒤뜰로 진출하기도 했다.

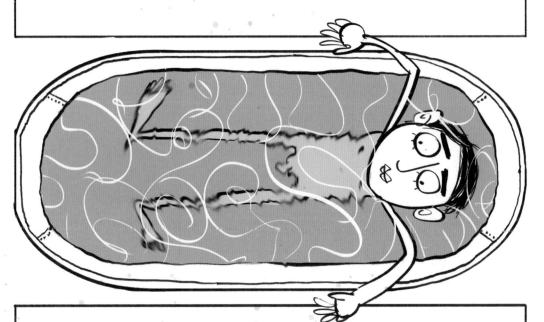

우리 집에는 내가 열다섯 살이
될 때까지 실내 화장실이 없었다.
나는 실외 화장실을 정말 좋아했는데,
특히 화장실 문 밖으로 비가 내릴 때
거기 앉아 있는 걸 좋아했다.
한밤중에 화장실로 달려갈 일은
없었으니, 감사하게도 우리에게는…

양동이가 있었기 때문이다!
양동이는 층계참에 놓여 있었는데,
그 사랑스러운 붉은색 플라스틱
변기를 사용하면 엉덩이에
붉은 자국이 남곤 했다.
그 불쌍한 양동이. 양동이는
숱한 토요일 밤을 나를
도와주며 보냈다.

쉬어가는 페이지

실외
화장실
1971년

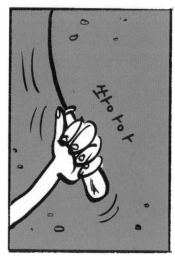

데일리 뉴스

그랜섬 출신의 소년이
화장실 벽에 깜짝 놀랄 만한
지도를 만들어냈다

우리는
당신이 정말
자랑
스럽습니다

나이젤!

이게 대체 무슨 짓이니! 네 아빠가
돌아오시면 혼날 줄 알아.
이런 말썽쟁이 녀석.

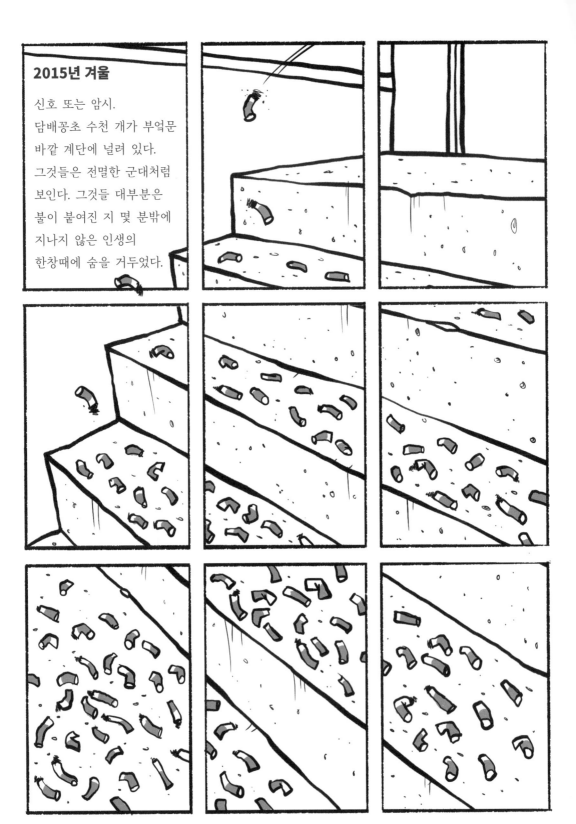

2015년 겨울

신호 또는 암시.
담배꽁초 수천 개가 부엌문
바깥 계단에 널려 있다.
그것들은 전멸한 군대처럼
보인다. 그것들 대부분은
불이 붙여진 지 몇 분밖에
지나지 않은 인생의
한창때에 숨을 거두었다.

　엄마와 아빠는 골초였다. 물론 아빠는 파이프 담배를 더 좋아하긴 했지만. 나는 담배쌈지에 코를 박고 있길 무척 좋아했다. 게다가 즙액이 뚝뚝 떨어지는(거기에 소금까지 뿌린) 샌드위치를 들고 학교에 갔으므로, 나는 내가 열한 살 때 관상동맥질환에 걸리지 않았다는 게 종종 놀랍게 느껴진다.

　집 안의 모든 게 연기에 찌들어 있었다. 한곳에 십 분 이상 머무른 것은 그게 무엇이든 다른 곳으로 옮겨질 때 흔적을 남겼다.

　1970년대에 부모님은 컨스터블의 〈건초마차〉 인쇄화를 울워스✦에서 1파운드에 구입했다. 놀라운 건, 벽에 걸려 연기 세례를 받은 지 몇 년이 지난 후, 그 그림이 몹시 훼손되고 찌든 나머지 꼭 진품처럼 보이게 되었다는 사실이다.

✦ 영국의 잡화점.

2016년 3월

나는 엄마를 데리고 멋진 카페가 있는 가드닝 용품점에 갔다.

가는 길에 잉어로 가득한 연못이 있었다.

갑자기, 잉어 한 마리가 파리를 잡아먹기 위해 연못 위로 뛰어오르더니 아치 모양을 그리며 다시 연못으로 돌아갔다.

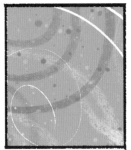

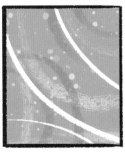

그 작은 물고기와 짧은 순간이
연출해낸 극적인 장면에, 나는 머리를
한 대 얻어맞은 듯했다. 우리네 인생은
공중에 뛰어오른 잉어처럼 세상에
아치 모양을 그린다. 정말 짧고,
정말 짜릿하고, 정말 극적으로.

나는 그 이전과 그 이후가 궁금했다.
잉어가 원래 있었던 세상과 도약 후에
다시 돌아간 세상이.
아니 차라리 나는,
우리가 어디서 와서 어디로
돌아가는지가 종종 궁금하다.
철학자 토머스 네이글은 이것을
'무관점의 관점'이라고 부른다.
어떤 면에서는
꽤나 유용한 관점이다.

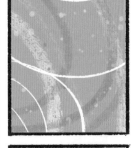

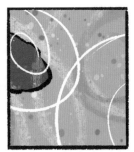
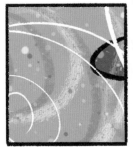

엄마의 어딘가가 풀려나가는 걸 보니
어렸을 때 읽었던 만화책이 생각났다.
작가가 가장 흔히 쓰던 수법 중 하나는,
붕대 하나로 만들어진 옷이
누군가가 잡아당기는 바람에
풀려나가다가 결국 사라져버리는 것이었다…

✦ mummy. 영국에서 아이들이 '엄마'를 부르는 말, 또는 '미라'를 뜻한다.

어떤 사람들은 치매에 걸리면 완전히 새롭고 더 유동적인 사람이 된다고 한다…

하지만 어떤 경우든 어딘가 본질적인 부분이 풀려나가고 만다. 엄마의 경우에는, 엄마의 존재 전체가 풀려나가는 것 처럼 느껴졌다…

아무것도

남은 게

없어 보일 때까지

2016년 10월

띠리리리리리
띠리리리리리리

Unknown

여보세요?

여보세요,
베인스씨?
여기는 링컨주립병원입니다.
베인스씨 어머니께서
오늘 오전에 쓰러져서
입원하셨는데,
이제 곧 수술실로
들어가실 예정이에요.

째깍

오

엄마 전

이제

어쩌면

좋아요

째깍 그런 일이

어쩌다 생긴 거지 감당이 안 돼

다음에는 어떤 일이

또 벌어

질까

시간은 흐르고

째깍 끝장나고

나는 말 거야

망신 정말

스러운

일이야 무서울

거야

째깍 우린 도움이 필요해

엄마는 이제 복지 집

집에 우리가

가지

못할 또 뭘

거예요 할 수

엄마는 있겠어

째깍 왜 엄마는 그냥

평범한 노년을

동생한테 즐기지

전화 웃하는

해야 걸까

해 방갈로식

주택은

어쩌지

째깍 이제 난 뭘

어쩌면 좋지

복지 센터에 전화해야

오늘 이제 어떻게

밤에는 되는

뭘 걸까

먹나

142

마지막을 향한 갑작스러운 돌진

시간이 한 번에 다른 두 속도로 흘러갈 수 있다는 건 놀라운 일이다. 실제 시간과 경험된 시간. 병원에서 걸려온 전화를 받은 후, 시간이 흐르는 동안 수많은 생각들이 비처럼 쏟아져내렸다.

이웃이 전화해서 엄마가 티타임✦에 쓰러졌다고 말해줬는데, 병원에서 전화가 온 건 밤이었다. 그래서, 나는 좀더 깊이 파봤다. 나는 페이스북에서 사진 한 장을 발견했다. 엄마는 사람들이 지나다니는 길에서 덱 체어✦✦에 앉아 있었고, 한 행인이 엄마 위로 우산을 들어주고 있었다. 그건 기이한 작은 작품 사진이었고, 엄마는 꼭 포토샵을 한 것처럼 보였다. 엄마의 고통스러운 표정만 아니었다면 웃겨 보일 수도 있는 사진이었다.

엄마가 쓰러진 건 오후 다섯시였다. 누군가가 긴급 전화번호를 눌렀지만 전화 교환원은 별로 심각한 상황이 아닌 것처럼 들렸다고 말했다(아마 엄마가 또다시 엉덩이뼈를 다쳤으면서도 아무 문제도 없다고 말해서 그랬을 것이다). 마침내 그들은 설득에 성공해서 앰뷸런스를 불렀다.

앰뷸런스가 왔을 때는 엄마가 그 춥고 비 오는 날에 길에서 네 시간을 보낸 후였다. 엄마가 병원에 입원하기까지는 또 세 시간이 걸렸을 것이다.

지역 앰뷸런스 서비스와 지역 응급실이 위기에 처해 있다는 것은 잘 알려진 사실이었다. 경찰은 종종 긴급 앰뷸런스 서비스를 대행해야만 했다. 나는 이 일을 그냥 넘길 수 없었다.

✦ 영국에서 오후 늦게나 이른 저녁에 차나 간식을 먹는 시간.
✦✦ 목재나 철재로 된 뼈대에 천 등을 씌워 간편하게 접을 수 있도록 만든 의자.

엄마, 뉴스에서 온통 엄마 얘기뿐이에요!

그후 며칠 동안 나는 TV, 라디오, 신문과 인터뷰를 했다.

엄마의 경우와 비슷한 사례들이 더 많이 있었고,
나는 나의 행동이 지역 응급실을 구해내기 위한 싸움에
도움이 되길 진정으로 바랐다. 이상한 일이었다.
나의 일상을 뉴스에서 본다는 건. 며칠 동안 나는 상황이
변할 수 있다는 환상으로 스스로를 만족시켰다.
현재의 상황을 사람들이 인정하고 있다는 느낌에 기분이 좀 나아졌다.
왜 최악의 사건이 있고서야 사람들은 귀를 기울이게 되는 걸까?
안타깝게도 엄마에게 그 일은 그저 시작 혹은
급격한 내리막에 불과했다.

제2병동

손은
씻으셨
나요?

안녕, 엄…마?

안녕하세요,
제 어머니를 뵈러 왔는데요.

지난번에는
저 침대에 계셨거든요.

아, 헤이즐씨 말이군요.
유감스럽지만 아마 가신 것 같아요.

2016년 11월

엄마가 머무를 요양원을 찾아냈다. 우리가 직면한 한 가지 문제는 이용 가능한 곳이 없다는 것이었다. 사람은 너무 많았고, 요양원은 너무 적었다.

사립요양원은 우리 형편으로는 어림도 없었는데, 사회복지단체에서 보조금을 지원해주는 요양원들도 문제이기는 마찬가지였다. 그들은 늘 환자를 위한 당일치기 여행, 모발 관리, 4인용 자전거 같은 추가상품을 판매했다. 그리고 그런 추가상품의 신청을 원하는 사람들이 자리를 차지했다. 우리는 그럴 만한 여유가 선혀 없었다.

엄마는 요양비의 일부를 여전히 연금으로 지불해야 했다. 나는 엄마를 위해 가능한 모든 보조금을 신청했지만 이 모노폴리 보드게임에서는 'GO' 칸을 지나며 돈을 받자마자♦ 그 돈을 돌려줘야만 했다.

슬프게도 이용 가능한 유일한 요양원은 그랜섬에서 사십 킬로미터나 떨어진 곳에 있었다.

링컨셔에서의 일 킬로미터가 다른 평범한 곳에서의 십 킬로미터에 맞먹는다는 걸 생각했을 때 마음에 드는 선택은 아니었지만 달리 선택권이 없었다.

나는 엄마를 만나러 갔다. 그곳은 그랜섬에서 사십오 분 거리에 있는, 링컨셔 남쪽의 암울한 오지에 자리해 있었다. 요양원은 예전에 그 작은 마을에 살던 젊은 사람의 집이었다. 요양원은 거대했지만 암울하고, 금욕적이고, 기능적이고, 지쳐 보였다. 그것이 매일매일 목격하고 그 일부로 받아들여야만 하는 그 모든 것에 지쳐 보였다. 직원들은 상냥하고 정말 성실했지만 나는 〈해머 하우스 오브 호러〉♦♦ 같은 느낌을 떨칠 수 없었다.

♦ 모노폴리 보드게임에서 플레이어들은 출발선인 'GO' 칸을 지날 때마다 지급금을 받는다.
♦♦ 1980년대에 영국 텔레비전에서 방영된 호러물.

엄마가 있던 방은
너무 멀리 있어서 나는
매번 길을 잃었다.

엄마는 매번 더 멀리 있고 더 찾기 힘들어지는 것처럼 느껴졌다.
물리적 공간과 나의 정신상태가 합쳐져버렸다.
그것은 어렸을 때 보던 퍼즐북을 떠올리게 했다.

직원들은 훌륭했고 정말 열심히 일했지만 그곳은 출발이나
도착이 예정된 기차가 한 대도 없는 대기실처럼 느껴졌다.
의자들은 TV를 향하고 있었다. 한 여자는 바닥의 담요 아래에만 있었다.
구석에서는 폴란드인 여자가 자신이 늘 앉는 의자에 앉아 아무에게나
혼잣말이나 다름없는 소리를 질러댔다.

✦ 폴란드어로 '왜 아무도 폴란드말을 안 하는 거야, 왜 아무도
내 말을 이해 못하는 거야?'라는 뜻.

엄마는 처음 엉덩이뼈를 다쳤을 때 재활치료를 받았었다. 이번에는 아니다. 이제 엄마는 망가진 물건이 되어버렸다. 오래된 컨테이너를 배에 실을 때처럼, 엄마를 이리저리 이동시키는 데 호이스트가 사용된다.

"자, 헤이즐, 우리가 이 안에 앉혀줄게요."

"다리를 들어서 끈 안으로 넣어주세요."

"손잡이가 뻑뻑해졌네, 앨런 좀 이리로 불러서 손봐주시겠어요."

"됐어요, 거기 잠깐만 앉아 계세요, 헤이즐."

"망할, 이 레버는 매번 더 다루기 어려워지네."

"이제 돌려서 방향을 바꿀게요, 헤이즐."

누르고

돌리고

올리고

내리고

옮기고

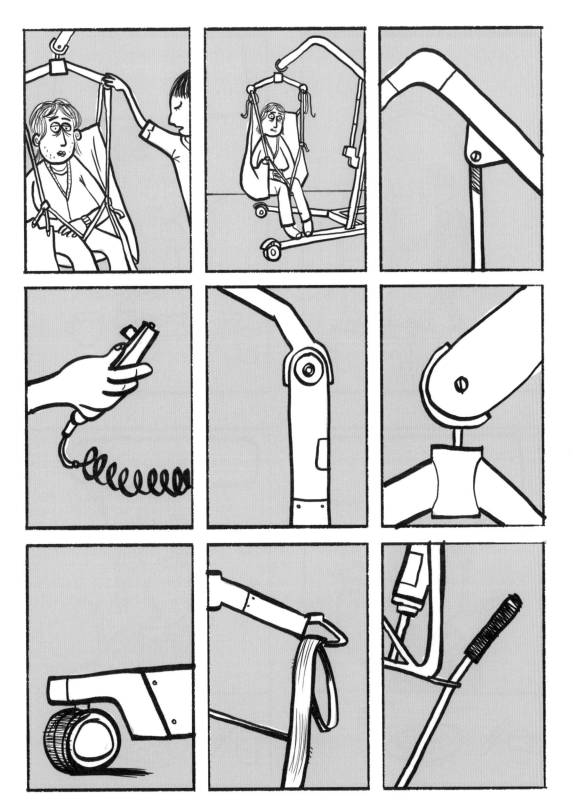

157

2017년 1월

갑자기 더 팔팔해진 엄마.

그러니까 내 말은,
내가 여기서
뭘 하고 있는 거지?

나한테는 아무 문제도 없어,
나는 여기가 정말 싫다.

네가 나를 여기 가뒀니?

네 아빠도 내가 여기 있는 걸
바라지 않았을 거야.

그리고 저기 저 여자 말인데,
자꾸 내 정신을 산만하게 만들어.

닌 여기서 나갈 거다.

정말 기이하단
말이지…

그다음 금요일.

여보세요?

여보세요, 나이젤?
배싱햄 요양원입니다.
나이젤, 어머니께서
깨어나질 않으세요.
오늘 아침에 간호사가
들어갔는데
어머니를 깨우지
못했습니다…

앰뷸런스가 오는 중이고,
저희는 심폐소생술을
하고 있어요.
저희는 할 수 있는
모든 걸 해보고 있습니다.
곧 다시… 그러니까…
곧 다시 연락드릴게요.

나이젤… 정말 죄송합니다.

저희는 할 수 있는 모든 걸 했어요.

다들 속상해하고 있습니다. 저희는 당신 어머니를 정말 사랑했어요…

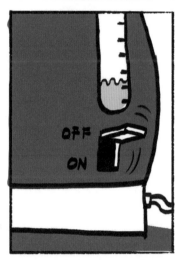

살면서 딱 한 번만 하게 되는 말이 있다. 엄마가 돌아가셨다. 나는 차 한 잔을 마신다. 바깥에서는 사람들이 출근을 하고 있다. 오늘은 먹을 걸 사야 한다. 적당히 우스꽝스러운 기분이 든다.

이제 와서 돌이켜보면 엄마와의 그 기이했던 마지막 만남은 불이 꺼지기 직전에 마지막으로 타올랐던 불길 같다.

나는 그동안 늘 엄마가 죽으면 무슨 일이 일어날지 궁금했었고, 그 생각을 하고 있자면 소름끼치게 몸이 떨려오곤 했었다. 그리고 그 순간이 찾아온 지금, 나는 태연히 차를 마셨고 여동생에게 전화를 걸었고 샤워를 하고 면도를 했다. 그저 일상이 이어졌다. 나는 불길을 진압하는 일에 너무나 익숙해진 나머지 그 일 또한 그저 처리해야 할 또하나의 일로 느꼈는데, 물론 일종의 안도감도 들었다. 나는 약간의 안도감을 기대했었으나 그 안도감은 다음 몇 달 동안에 걸쳐 훨씬 더 커졌고, 큰 짐을 덜어버린 것 같은 기분까지 들었다.

여동생과 나는 장례에 관련된 모든 절차를 하나씩 처리해나갔다. 우스운 순간들도 있었다. 장례식장 측에서 잠시 엄마를 잃어버리고 만 것이다. 엄마가 하고 많은 시간 중에 하필이면 그때 계획에 없던 여행을 떠났다니.

대부분의 절차는 간단했다. 엄마의 은행에 전화를 걸어서 사망신고를 하고 계좌를 해지하는 일은 그리 간단하지 않았지만…

네, 우선 보안과 관련된 몇 가지 간단한 질문을 드리겠습니다, 나이젤씨.

계좌번호와 등록번호와 은행 식별코드를 알려주실 수 있을까요?

어머니의 결혼 전 성은 무엇이었나요? 태어난 곳은 어디였나요? 어디서 얼마나 어머니께서는 어디서 어머니 남편분의 성함은 무엇이었나요? 어머니 남편분이 태어나고 자라신 곳은 어디였나요? 그리고 또 어디

신발 사이즈는 몇을 신으셨나요 두 분께서 사신 곳은 어디였나요? 어머니께 오빠나 누이나 누나 남동생이 몇 명이나 있었나요? 어머니께서는 어떤 음식을 좋아하셨나요? 어머니께서는 드라마를 좋아하셨나요? 무엇이었나요? 어머니께서 좋아하신

마지막으로 하셨던 것은 무엇이었나요? 어머니께서 좋아하셨던 것 가운데 기억나는 순간이 있었나요? 그중에서도 좋아하시는 색깔은 무엇이었나요? 어느 당에 투표하셨나요? 그중 90년대에 가장 즐겨하셨던 것 좋아하신 운동은 무엇이었나요?

일 마일은 몇 야드인가요 미합중국의 서른한번째 대통령은 누구였나요? 여권 번호는 어떻게 되나요? 어머니께서는 빙고 게임을 좋아하셨나요? 어머니께서 저녁에 무엇을 드셨나요? 그 나라의 수도는 어디인가요? 가로 십 피트 세로 육 피트의 구멍을 일주일 동안 파려면 몇 명의 사람이 필요한가요?

가로 십 피트 세로 육 피트의 구멍을 숟가락으로 일주일 동안 파려면 몇 명의 사람이 필요한가요? 얼마나 다른 종류의 작업들을 그들이 거쳐가야 할 과정 만일 토끼의 같이 그렇게 그렇다면 왜 토끼들은 계속 걸까요? 어머니의 지출은 얼마나 일주일치 음식을 구입하는 데 담배를 피우셨나요? 그렇다면 하루에 몇 개비나 피우셨나요?

얼까요? 어머니의 지출은 얼마나 일주일치 음식을 구입하는 데 담배를 피우셨나요? 그렇다면 하루에 몇 개비나 피우셨나요? 배우자가 있으신가요? 사시는 곳은? 어느 은행을 이용하시나요? 나이젤씨가 아는 사람 가운데 범죄를 저질러 유죄 판결을 나이젤씨는 가방을 직접 싸시나요? 나이젤씨는 두 다리로 서서 땅을 짚으실 수 있나요?

가로 십 피트 세로 육 피트의 구멍을 숟가락으로 일주일 동안 파려면 몇 명의 사람이 필요한가요? 얼마나 다른 종류의 작업들을 그들이 거쳐가야 할 과정 만일 토끼의 같이 그렇게 그렇다면 왜 토끼들을 계속 걸까요? 어머니의 지출은 얼마나 일주일치 음식을 구입하는 데 담배를 피우셨나요? 그렇다면 하루에 몇 개비나 피우셨나요? 배우자가 있으신가요? 어느 은행을 이용하시나요? 나이젤씨가 아는 사람 가운데 범죄를 저질러 유죄 판결을 나이젤씨는 가방을 직접 싸시나요? 나이젤씨는 두 다리로 서서 땅을 짚으실 수 있나요?

네, 나이젤씨, 보안 문제는 해결되었습니다. 그러니…

우선 심심한 조의를 표하는 바입니다. 그럼 그다음으로…

2017년 2월 17일

엄마의 장례식

　　부모님의 장례식날은 마치 우리 자신의 죽음처럼 계속 모른 체하게
　되는 것이어서, 그날이 찾아오더라도 그것은 또다른 나에게 찾아오는 것이다.
　　　　　　그것은 당장 받아들이기에는 너무 엄청난 일이다.
　　　　그리고 이제 나는 여동생과 함께 그 일을 당장 받아들여야만 하는
　　상황에 처해 있었다. 하지만 우리를 가장 무섭게 하는 것들이 보통 그렇듯,
　　　　　가장 힘든 부분은 두려움이다. 장례식날은 괜찮았다.
　　　가장 감동적인 순간은 우리가 영구차에 타고 세실가를 따라 가다가
　　　　제니퍼의 집 밖에 멈춰 섰을 때였다. 엄마의 가장 오랜 친구.
　　　　제니퍼는 일 년 반 동안 집 밖으로 나온 적이 없었지만,
　　　엄마에게 작별 인사를 하기 위해, 살을 에는 듯한 추위에도
　　　　　　휠체어에 탄 채 거기 나와 있었다.

1933 – 2017

연도를 본다.

1933-2017.

저 대시. 저 짧은 대시. 저것이 인생이다.

모든 게 다 저 짧은 문장 부호 안에 들어 있다.

당신이 하고, 생각하고, 보고, 꿈꾸고, 울고 웃은 모든 것.

당신의 전부. 저 대시 안에.

나는 저 대시를 짊어지는 일의 무게를 늘 인식해왔다. 어린 시절의 그 떠다니는 꿈들은 보통 침대에 누워서 죽음과 '나'의 소멸을 이해하려고 애쓰던 결과 꾸게 된 것이었다.

낮 시간의 나이젤은 덜 심각했다. 낮 시간은 TV에 나오는 코미디언들을 보며, 성인이 되어 가장 친한 친구와 함께(에릭과 어니✝처럼) 한 침대에서 주간 〈비노〉를 읽으면 얼마나 멋질지를 궁금해하며, 웬디 스켈턴이 나를 좋아하게 만들 가장 좋은 방법은 무엇인지를 궁리하며 보냈다.

하지만 대시와 그것을 짊어지는 일에 대한 생각은 나를 계속 따라다녔다. 그리고 엄마를 잃는 것에 대해 생각했을 때 그 떠다니는 듯한 감각이 다시 찾아왔고 숨을 쉬기가 힘들었다.

엄마를 잃자 기이하고 다양한 감정들이 생겨났다. 즉각적인 반응은 안도감, 그러니까 엄마와 여동생과 내가 할 일이 모두 끝났다는 것이었지만 이후로 후폭풍이 더 이어졌다. 나의 닻이 사라졌다는 사실을 깨닫자 극심한 공포의 파도, 기준점 없이 표류하고 있다는 두려움이 밀려왔다. 한동안 기진맥진함과 상실감으로 인해 배에서 영원히 쫓겨날 것만 같은 위태로움을 느꼈다.

하지만 세상에 영원히 계속되는 일은 없고, 그건 심지어 나쁜 일의 경우도 마찬가지다. 나는 내가 자유이며 나 자신의 본질을 규정하는 그 어떤 잘못된 생각들에도 얽매여 있지 않다는 사실을 깨달았다. 불현듯 삶이 유한하다는 사실조차⋯ 괜찮게 느껴졌다. 어쩌면 가장 겁에 질린 사람이 트라우마를 이겨내는 걸 보고 나면 고무적인 효과가 발생하는지도 모르겠다. 깊은 내면의 어딘가에서 변화가 일어났다. 수십 년 동안 씨름하고 들고 다니고 찾아 헤맨 결과, 내 두 발은 가벼워졌고 나는 그 대시를 마치 전혀 무게가 나가지 않는 것처럼 겨드랑이에 끼고 다닐 수 있었다.

✦ 영국의 코미디언 콤비 에릭 모컴과 어니 와이즈. 그들이 출연한 텔레비전 영화 제목이기도 하다.

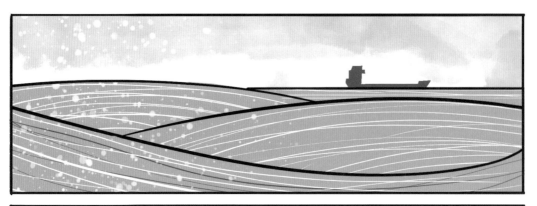

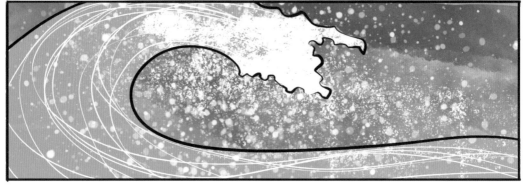

자아라는 건 바다와 비슷한 것 같다.

똑같지만 매일매일 변화하는 바다.

어렸을 때 마지막으로 찾아갔던 바다로 돌아가면 그 바다는 여전히 예전과 똑같은 바다로 느껴진다. 바다의 분자와 원자는 모두 변했음에도 바다의 본질은 절대 변하지 않는다.

우리는 누구인가? 하나의 유일무이한 자아를 찾으려는 노력을 멈추고 자아가 분열적이고 유동적인 것임을 깨닫게 되면 기분이 한결 나아진다.

그리고 치매… 왜곡된 정신, 분열증, 신체 기능 장애는? 사회에서 우리는 인생이 사실상 시작되고 끝나는, 그리고 더이상 유용하지 않게 되는 때를 어느 시점엔가 정해버리는 듯하다. 인간의 좀비화化. 그리고 분명 엄마는 고통스러워했고 두려워했으며 나는 그 상태가 이어지길 바라지 않았다. 하지만 엄마는 여전히 우리 엄마였다. 엄마는 여전히 엄마로 대접받을 자격이, 존엄성을 지닌 한 생명으로 대접받을 자격이 있었다. 요양원 직원들은 훌륭한 분들이며 더 나은 훈련과 보수를 받아 마땅하지만, 그럼에도 우리는 우리 사회가 노화와 질병을 다루는 방식을 재교육할 필요가 있다. 거기에는 심지어 우리가 노인들과 대화하는 방식도 포함되는데, 노인들은 우리가 깔보는 듯한 태도로 대해야 할 사람들이 아니라 동등하게 대해야 할 사람들이기 때문이다. 노화와 질병의 문제에 있어서 우리에게는 여전히 베풀어야 할 선물이 남아 있다.

여동생과 나는 방갈로식 주택을 정리했다. 죽음 이후에 집을 정리하고
청소하고 열쇠를 반납하는 일은 주의회에서 정한 시한 내에 마쳐야 한다.

방갈로식 주택 때문에 슬프다는 느낌은 전혀 들지 않았다.
그곳은 나의 트라우마를 상징하는 무언가가 되어 있었다.
그곳은 텅 빈 건물이었다. 한때 그곳은 엄마의 모든 물건을 담고 있었지만
그곳이 엄마를 담고 있다는 느낌은 들지 않았다.

여동생은 무거운 물건을 치우고 청소를 하는 데 큰 역할을 했다.
엄마가 평생 들고 다니던 물건들이 그저 다른 곳으로 휙 옮겨간다고 생각하니
이상한 기분이 들었다. 또다른 이야기가 프레임 안으로 들어올 수 있도록
무대 밖으로 퇴장하는 일.

나는 전혀 모르고 있던 것을 발견했다. 아빠가 일포드에서
철도 운전사 훈련을 하고 있었을 때 엄마에게 보낸 편지들.
내가 알던 엄마 아빠와는 너무나도 달랐다. 그건 말 그대로 충격적이었다.
엄마 아빠가 이렇게 서로 친밀한, 또다른 삶을 살았었다니.
엄마는 두려움과 불안감으로 똘똘 뭉친 사람이었는지도 모른다.
엄마는 어떤 식으로든 출세할 길을 찾지 않았는데,
그때는 소도시 출신이라면 그런 걸 하지 않았고,
엄마는 했더라면 분명 즐겼을 많은 일들도 하지 않았다.
오늘날까지도 나는 이 편지들을 보며 이들이 내가 알던
부모님이었다고는 상상하기 어렵지만, 이것이야말로
엄마 아빠가 살았던 날것 그대로의 삶이었다.

나는 엄마 아빠에게 그야말로 모든 걸 빚지고 있다.

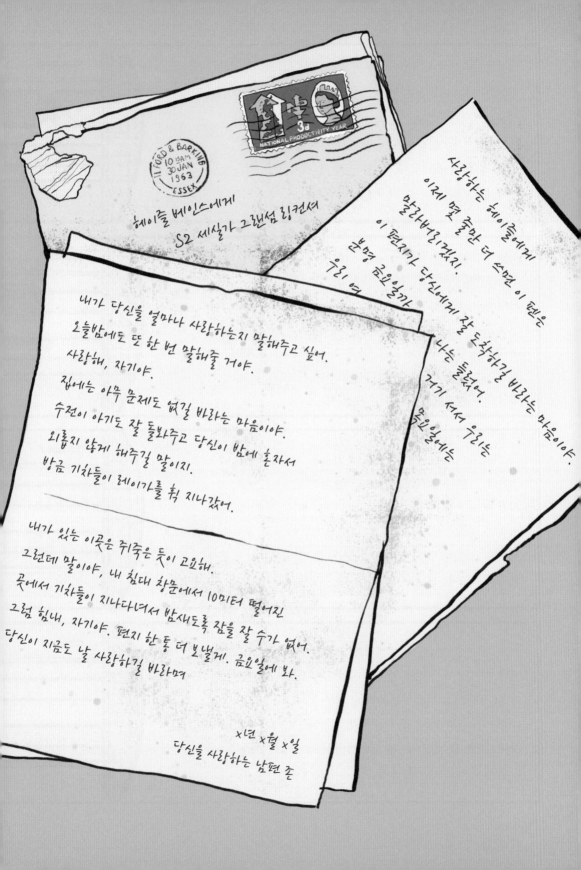

헤이즐 베인스에게
S2 세실가 그린섬 링컨서

ILFORD & BARKING
10.15AM
30 JAN
1963
ESSEX

3d
NATIONAL PRODUCTIVITY YEAR

내가 당신을 얼마나 사랑하는지 말해주고 싶어.
오늘밤에도 또 한 번 말해줄 거야.
사랑해, 자기야.
잠에는 아무 문제도 없길 바라는 마음이야.
수전이 아기도 잘 돌봐주고 당신이 밤에 혼자서
외롭지 않게 해주길 말이지.
방금 기차들이 레이가를 휙 지나갔어.

내가 있는 이곳은 쥐죽은 듯이 고요해.
그런데 말이야, 내 침대 창문에서 10미터 떨어진
곳에서 기차들이 지나다녀서 밤새도록 잠을 잘 수가 없어.
그럼 힘내, 자기야. 편지 한 통 더 보낼게. 금요일에 봐.
당신이 지금도 날 사랑하길 바라며

x년 x월 x일
당신을 사랑하는 남편 존

사랑하는 헤이즐에게
이제 몇 줄만 더 쓰면 이 편지
막 끝나버리겠지.
이 편지가 당신에게 잘 도착하기를 바라는 마음이야.
나는 들었어.
거기 서서 우리는
좋았어는

나는 어렸을 때 트레인스포팅을 무척 좋아했다.
심지어 역에 있지 않을 때도 철로의 배치도를 그리며
시간을 보내곤 했다.
그랜섬역의 남쪽 끝에서 출발하기 시작한 기차들은
일 킬로미터쯤을 더 가고서야 둥글게 휘어지며
시야에서 사라졌었다.

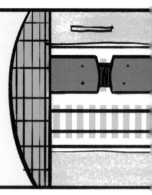

마지막으로 눈에 보이는 것은 아지랑이 속에서
신기루처럼 아른거리는 마지막 객차였다.
사람들이 우리를 떠나는 걸 보는 일도 그것과 좀 비슷하다.
그들은 한동안 우리의 시야에 남아 있고,
우리는 여전히 그들의 객차를 본다. 그들은 우리 곁에 있지 않지만
아직 떠난 것도 아니다. 하지만 그러다 마지막 객차가
둥글게 휘어지며 시야에서 사라진다.

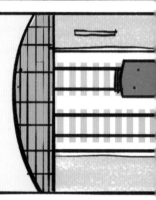

하지만 우리의 시야가 제한되어 있다는 사실이
기차가 완전히 사라졌다는 걸 의미하진 않는다.
기차는 여전히 우리가 볼 수 있는 곳 너머를 달리고 있다.
어쩌면 우리가 삶에 내해 제한된 시아를 가지고 있다는 사실은,
우리가 그들이 더는 달리고 있지 않을 거라고
확신할 수만은 없다는 걸 의미하는 건 아닐까?

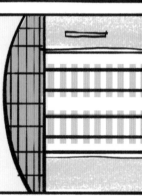

각자가 지닌 신념이나 세계관과는 무관하게,
어쩌면 세상이 우리의 감각을 통해 지각되는 것 이상임을
아는 것만으로도 우리는 위안을 얻는지 모른다.
우리가 진심을 다해 인생을 살았고 세상에는
우리가 볼 수 있는 것 이상의 것이 존재한다는 사실을 이해한다면,
심지어 우리가 유한하다는 사실도 위로가 된다.

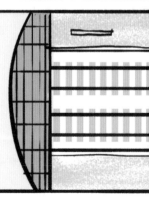

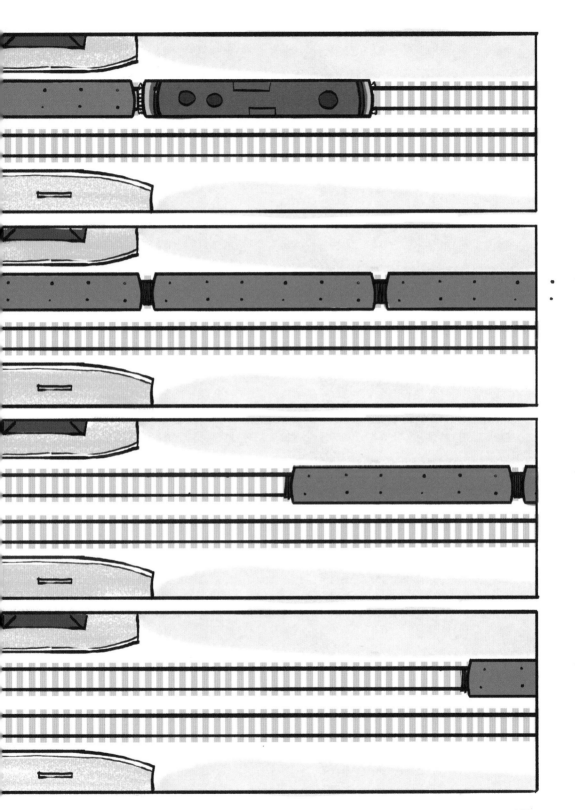

엄마를 찾아가던 시절에 요양원 직원에게 혹시 방문객이 아무도 없는 환자도 있는지 물어본 적이 있다. "아, 대부분이 그렇죠." 그녀는 말했다. "돈 문제가 있지 않은 한은요. 돈 문제가 생기면 하루가 멀다 하고 방문객이 찾아온답니다."

사람들은 그저 자원이, 누구도 결코 필요로 하지 않을 자원이 되어버린다. 인간 폐기물.

우리는 세상을 다르게 바라보는 시각을 가질 필요가 있다. 우리는 우리의 삶, 그러니까 결국 하나의 대시에 불과한 그것 너머를 바라볼 필요가 있다. 우리는 세상에서의 우리의 '존재'를 특별하게끔 만들어주는 게 이 세상 속 다른 사람들과 존재들과 생각들과의 끊임없는 상호작용이라는 걸 알 필요가 있다. 우리는 너무 고립되어버렸고, 우리만 사는 세상의 지배자가 되어버렸으며, 우리 바깥의 모든 것들과 단절되어버렸다.

사람이 '유용함'의 기준을 벗어나게 되는 시점이 있다는 생각은 재고되어야 한다. 사람들을 텔레비전 앞에 앉혀놓고서 음식을 제공해주고 그저 편안하게 해주려고 노력하는 것만으로는 충분치 않다.

국민건강보험과 사회복지 사이에 벌어진 틈은 사라져야만 한다. 자원은 이용 가능한 것이 되어야만 한다. 우리 사회가 공동체임을 판가름하는 기준은 분명 우리가 인생의 끝자락에 있는 사람들을 어떻게 대우하느냐에 달려 있다.

어쩌면 우리는 질병을 어떻게든 해결할 수 있는 순전한 의료 문제로 취급하지 말아야 하는지도 모른다. 질병이란 단순한 생물학의 영역을 뛰어넘는 그 무엇이다. 돌보미들은 자신들이 맡은 역할에 지대한 영향을 받으며, 가족들은 그 일에 동반된 스트레스로 종종 붕괴된다.

돌보미로서 이 정도면 충분히 잘하고 있다는 느낌은 절대 들지 않는다. 구멍에서 더 빨리 벗어나려고 하면 할수록 구멍은 더욱더 깊어져간다.

어떤 이들은 부모님과의 유대감을 다시 느끼는 뜻깊은 경험을 하기도 할 것이다. 어떤 이들은 그저 자고 깨어나보니 자신들이 전쟁 지역에 있게 되었다고 느끼기도 할 것이다.

궁극적으로 꼭 해야 할 일의 목록은 사실 꽤 간단하다. 그리고 상황은 나아지지 않겠지만 그래도 분명 그 상황에 익숙해지긴 할 것이다. 그것은 꽤나 놀라운 발견으로 이어질 수도 있다. 고통을 통하지 않고서 그 진실에 도달할 방법은 없는 듯하다.

하지만 그 일을 혼자서 하진 말라. 대화를 하라. 당신에게 큰 의미를 지닌 친구들에게 손을 내밀라. 당신만을 위한 공간을 찾으라. 당신이 해야 할 일은 가라앉지 않고 계속 떠 있는 것뿐이다.

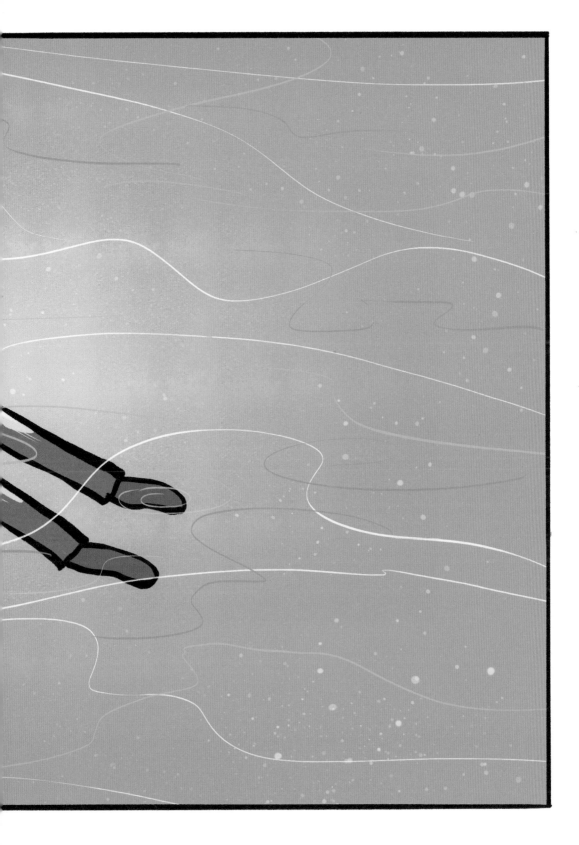

가라앉지 않는 삶을 위하여

『엄마, 가라앉지 마』는 영국의 디자이너, 만화가이자 일러스트레이터인 나이젤 베인스가 어머니의 치매 발병으로부터 죽음에 이르는 이 년의 세월을 글과 그림으로 회고한 '그래픽 내러티브' 작품이다(픽션이 아닌 회고록이라는 점에서 '그래픽노블'과는 구분된다). 우리에게 익숙하면서도 문학 작품에서는 그리 자주 다루어지지 않은 '치매'라는 주제와 우리에게 다소 생소한 영국 노동자 계급의 이야기를 다루고 있음에도 불구하고, 전자는 '상실'이라는 보편적 주제로 확장되고 후자는 경제 부흥기 한국의 가족 이야기를 떠올리게 한다는 점에서 특수성과 보편성을 두루 갖춘 호소력 짙은 작품이라고 할 수 있다. 따로 군더더기 말을 더할 필요는 없는 작품이지만, 그럼에도 작품의 형식과 관련해 간단히 몇 마디만 덧붙이고자 한다.

첫째는 그래픽 내러티브라는 작품의 형식이 생각보다 훨씬 더 중요한 의미를 지닌다는 사실이다. 베인스는 웹진 〈그래픽 메디신Graphic Medicine〉에 발표한 에세이에서 다음과 같이 말한다. "나는 독자들이 이미지를 이해하고 그 너머를 보길, 이미지들 사이의 관련성을 보길, 자신만의 이미지를 만들어내길 바랐다. 만화의 마법은 부재에서 생겨난다. 칸 사이의 홈. 말과 그림 사이의 틈. 거기가 바로 독자들이 작품에 능동적으로 참여하게 되는 지점이다."

베인스는 만화의 이런 장르적 특성을 작품이 지속적으로 다루는 주제인 '부재'와 '공백'과도 연관시킨다. 그는 작품의 어느 대목에서 만화의 특성에 대해 짧게 언급한 다음, "인생도 마찬가지다. 말들 사이의 틈새. 순간들 사이의 공백. 없어져버린 듯한 것들. 바로 그곳이 우리의 이야기가 만들어지는 곳이다. 그리고 엄마의 경우에도 정말로 눈에 띄었던 것은 바로 그 없어져버린 것들이었다"라고 말하며 장르에서의 부재와 인생에서의 부재라는 두 부재를 자연스레 잇고 있다. 작가가 또다른 지면에서 "그래픽노블은 질병을 다루는 서사에 이상적인 장르인 듯하다"라고 말했듯, 이 작품이 그래픽노블 형식으로 탄생한 것은 결코 우연이 아니다.

둘째로 특기할 점은 『엄마, 가라앉지 마』가 시종일관 물과 관련된 비유를 사용하고 있다는 점이다. 원제 'Afloat'('물에 뜬'이라는 뜻이다)에서부터 보이는 이런 비유는 생각보다 여러 갈래로 뻗어나가는 이 작품에 하나의 일관된 흐름을 부여해주는 결정적 역할을 담당한다.

이를테면 이 작품은 화자가 바다에 빠져 익사하는 악몽으로 시작해서, 알츠하이머병을 타이태닉호를 침몰시킨 빙산에 비유하는가 하면, 국민건강보험의 문제는 "넓은 바다에 이렇게 크고 깊은 틈이 존재하는지 몰랐다"라는 말로 요약한다. 혼수상태에 빠진 아빠는 "그저 천천히 해안에서 떠내려갔다… 얕은 바다 어느 깊은 곳으로"라고 말해지고, 아빠의 장례식 때 느낀 기이한 감정은 "나는 시를 읽으면서 내가 떠내려갈지도 모른다는 생각에 성서대를 꼭 붙들었다"는 말로 표현되며, 아빠가 돌아가시고 더는 쓸모없게 된 침대는 "노가 하나뿐인 보트"에 비유되기도 한다. 거의 아무것도 먹지 않게 된 엄마는 "곧 떠내려가버릴 사람처럼 보였다"로 말해지고, 엄마의 문제 앞에서 속수무책인 화자는 "구해주길 원치 않는 사람을 구한답시고 물살을 거스르며 헤엄을 치고 있는 꼴"이라고 자신을 책망하기도 한다. 심지어 인간의 자아 자체를 "똑같지만 매일매일 변화하는 바다"에 비유하며 저자가 독자에게 전하는 마지막 말도 "당신이 해야 할 일은 가라앉지 않고 계속 떠 있는 것뿐"이다. 이 외에도 물과 관련된 비유는 작품 곳곳에 넘쳐나서 일일이 다 옮겨 적지도 못할 정도다.

이처럼 물과 관련된 비유들은 알게 모르게 작품 전체에 스며들어 작품에 하나의 일관된 흐름을 형성한다. 그리하여 마지막 그림에서 드넓은 바다에 온몸을 맡긴 채 웃으며 떠 있는 화자의 모습이 우리에게 이루 말할 수 없는 카타르

시스와 위안을 가져다주는 것은, 이 그림이 그런 물의 여러 양상 끝에 도달한, 작품 내내 몰아친 태풍이 다 지나가고 난 후의 평화로운 바다를 보여주기 때문이다.

생각하면 삶이란 결국 가라앉지 않으려는, 하루하루 간신히 떠 있으려는 싸움이나 다름없다. 하지만 "수십 년 동안 씨름하고 들고 다니고 찾아 헤맨 결과, 내 두 발은 가벼워졌고 나는 그 대시를 마치 전혀 무게가 나가지 않는 것처럼 겨드랑이에 끼고 다닐 수 있었다"는 작가의 말처럼, 그런 힘겨운 싸움 끝에는 모종의 가벼움이 찾아오기도 하는가보다. 가벼운 것은 떠 있으려고 굳이 애쓰지 않아도 그냥 떠 있는 법. 『엄마, 가라앉지 마』는 그런 단순하고도 심오한 진리를 우리에게 너무나도 생생히 전해준다.

황유원

나이젤 베인스Nigel Baines

1962년 영국 링컨셔주 그랜섬에서 태어나 철도 노동자였던 아버지와 공동체 의식이 강했던 어머니 밑에서 노동자 계층의 삶을 경험했다. 어려서부터 만화를 좋아했고 그림에 재능을 보였다. 첫 출판사에서 시집에 삽화를 그렸던 걸 시작으로 하셰트, 랜덤하우스, 블룸스버리 등에서 수십 권의 어린이책을 디자인하고 삽화를 그렸다. 2005년과 2010년 BBC 주관 블루 피터 최고의 논픽션상을 2회 수상했고, 2017년 영국 독립출판 서점인상, 케이트 그린어웨이상 후보에 올랐다. 현재 런던 외곽에 거주하며 프리랜서로 활동하고 있다.

『엄마, 가라앉지 마』는 치매에 걸린 누군가를 돌보는 경험의 회고인 동시에, 우리가 정말 누구이며 우리가 어떻게 삶과 노화, 그리고 죽음의 곤란함을 건너갈 것인지에 대한 기록이다. 작가이자 일러스트레이터로서 독립출판한 그의 첫 책으로, 영국 현지의 독자뿐 아니라 의료계, 미국 학계의 주목을 받았다.

옮긴이 황유원

서강대학교 종교학과와 철학과를 졸업했고 동국대학교 대학원 인도철학과 박사과정을 수료했다. 2013년 〈계간 문학동네〉 신인상으로 등단해 시인이자 번역가로 활동하고 있다. 시집으로『세상의 모든 최대화』『이 왕관이 나는 마음에 드네』, 옮긴 책으로『모비 딕』『슬픔은 날개 달린 것』『래니』『올 댓 맨 이즈』『짧은 이야기들』『유리, 아이러니 그리고 신』『밥 딜런: 시가 된 노래들 1961-2012』(공역)『소설의 기술』『두더지 잡기』등이 있다. 제34회 김수영 문학상을 수상했다.

엄마, 가라앉지 마
삶의 기억과 사라짐, 버팀에 대하여

초판 1쇄 인쇄 2022년 5월 13일
초판 1쇄 발행 2022년 5월 23일

글·그림 나이젤 베인스 | 옮긴이 황유원

기획·책임편집 강건모 | 편집 정소리 김윤하 | 디자인 김마리 | 마케팅 배희주 김선진
저작권 박지영 이영은 김하림 | 브랜딩 함유지 함근아 김희숙 정승민
제작 강신은 김동욱 임현식 제작처 상지사

펴낸곳 (주)교유당 | 펴낸이 신정민
출판등록 2019년 5월 24일 제406-2019-000052호

주소 10881 경기도 파주시 회동길 210
문의전화 031) 955-8891(마케팅) 031) 955-2692(편집) 031) 955-8855(팩스)
전자우편 gyoyudang@munhak.com

인스타그램 @thinkgoods | 트위터 @thinkgoods | 페이스북 @thinkgoods

ISBN 979-11-92247-15-1 03840